屈原赋从译

从药汀 著

故 宫 出 版 社
The Forbidden City Publishing House

图书在版编目(CIP)数据

屈原赋从译 / 从药汀著. — 北京:故宫出版社, 2020.2

ISBN 978-7-5134-1281-0

Ⅰ. ①屈… Ⅱ. ①从… Ⅲ. ①楚辞研究 Ⅳ. ①I207.223

中国版本图书馆CIP数据核字(2019)第301362号

屈原赋从译

著　　者：从药汀
出 版 人：王亚民
责任编辑：冯修齐
校　　勘：张茫茫
封面设计：王　梓
出版发行：故宫出版社
地址：北京市东城区景山前街4号　邮编：100009
电话：010-85007808　010-85007816　传真：010-65129479
邮箱：ggcb@culturefc.cn
排　　版：保定市万方数据处理有限公司
印　　刷：保定市中画美凯印刷有限公司
开　　本：787毫米×1092毫米　1/16
印　　张：23.75
版　　次：2020年2月第1版
　　　　　2020年2月第1次印刷
书　　号：978-7-5134-1281-0
定　　价：56.00元

导言

《屈原赋辨译》四卷本［《离骚卷》（2012）、《天问卷》（2013）、《九章卷》（2016）、《九歌·招魂·卜居·渔父卷》（2017）］出齐之后，由故宫出版社与故宫研究院主办，于2017年11月18日在故宫建福宫召开了“《屈原赋辨译》学术研讨会”。拙著为屈原赋全面“辨译”的尝试及其工作成效，得到了与会专家学者的首肯。同时，与会专家一致提出，为了便于更广大读者了解屈子伟大崇高的爱国忧民之情怀，并呈现屈原赋作为中华艺术瑰宝的整体风貌，当出版一部在拙著工作基础上只译不辨的屈原赋读本，仅辅之以少量必要的注释。时任故宫博物院常务副院长、故宫出版社社长王亚民先生提出可将之命名为《屈原赋从译》，意谓“从药汀从新译”，一语双关。笔者据此建议对原著中的拙译又做了进一步斟酌加工，方有本书问世。

如拙著中所说明，笔者以耄耋之年倾力投入屈原赋辨译的基本诉求是：以屈赋文本语境为中心，以古今注释比较为经纬，以古籍词义考辨为依据，力求通过屈赋之辞境进入屈子之心境，以屈子之心境理解屈赋之辞境；所做注释力求言之有据，对古今误译、谬解的匡正，对疑难问题的处理力求言之有理；而在辨译的基础上所做新译，力求贴切呈现屈赋之辞义、辞情、辞势、辞气，及其诗化的情色意绪，体现屈子作为哲人思想家、政治家、文学艺术家的情怀、境界与融贯的思想脉络，以求更好地发挥屈原赋这一文学艺术瑰宝在中华文化复兴中的历史作用。同时，新译尝试全文叶韵，并以步屈子原韵为主体，以收“以诗译诗”之效。

正是基于上述辨译工作，笔者愈益感到对作为艺术整体的屈赋之序次排列加以重新整理的必要与重要。现今流行的屈赋文本，大多仍采用东汉王逸主编的《楚辞章句》之编排，其目录次第以及“九章”之标题，皆系西汉光禄大夫淮南王刘向编辑《楚辞》之时所为，没有按屈子生平年代、人生际遇编排目录。例如，将屈子三十来岁意气风发、任三闾大夫前后写的借“橘”咏怀之活泼典雅的《橘颂》，置于屈子六十多岁早已唱完《离骚》、又已唱完《惜诵》《悲回风》等命运交响曲，即将投江殉国前夕写的《惜往日》等八篇之中间。这种编排不合事理亦不合情理。笔者在辨译过程中，从屈子的人生际遇之“外证”和屈赋的艺术化情色意绪之“内证”两方面，着力考察了屈原赋各篇所应有的次第排列。

在笔者看来，屈原赋是屈子人生际遇诗化艺术的“情感场”，洋溢着、激荡着多情诗人心中的情色意绪。笔者以此自以为是的“情感场”说，结合屈子人生际遇的沿革历程，将《屈原赋从译》之目录次序编排如下：

卷一，《橘颂》《九歌》；卷二，《天问》；卷三，《离骚》；

卷四，《招魂》《卜居》《渔父》；卷五，《惜诵》《抽思》《思美人》《涉江》《哀郢》《怀沙》《悲回风》《惜往日》。

卷一：《橘颂》《九歌》。从《橘颂》将“橘”人格化了的“情感场”中流露着的情色意绪方面考量，当是屈子青年时代青春焕发、意气扬扬之时所作；《九歌》的情感场，洋溢着诗人屈原多姿多彩的情色意绪。写作时间当是屈子初任三闾大夫之时，大抵受民间傩戏和官家祭祀神祇的启发，摆脱祭祀内容，或赞美、或嘲讽、或叹息、或悼念，篇篇引人入胜。

卷二：《天问》。从《天问》结尾所言：“荆师作勋夫何先？悟过改更我又何言？”以及“薄暮雷电归何忧？厥庄不奉帝何求？”可知：屈子写《天问》的时间，大抵在被楚怀王撤职疏放，尚未离开郢都之时，诗人感悟到天地万物，世态人情，皆变化多端，人生际遇时运难料，因而沉入哲思，以明知故问的诗歌笔调，洋洋洒洒书写出一部旷世奇书。

卷三：《离骚》。此卷当是屈子被楚怀王逐放出郢都之后，流浪中所写的另一部光辉的警世名著。从“老冉冉其将至兮”以及结尾所言“既莫足与为美政兮，吾将从彭咸之所居”之辞语可以断定：屈子写《离骚》之时，大抵在五十多岁之后——楚怀王尚在执政之时。《离骚》是屈子最具代表性的旷世奇文，致使后世将《诗经》中《国风》与《离骚》并称为“风骚”。

卷四：《招魂》《卜居》《渔父》。屈子流亡期间，大概写完散篇《惜诵》《抽思》《思美人》《涉江》之后，得知楚怀王为秦国所骗赴秦而被囚死于秦之时书写《招魂》。其“情感场”系假借神巫巫阳之口，揭示死于非命的楚怀王生前荒于国政而淫于安乐。《卜居》中明知故问的“情感场”，充斥着哲人思想家屈子的朴素唯物观，激荡着愤世嫉俗，排遣着胸中之块垒。

《渔父》的“情感场”，展示着两种为人处世的人生哲学观，洋溢着抨击随波逐流，张扬着“宁赴湘流”，也不苟且偷生“蒙世俗之尘埃”的情色意绪。《渔父》中言屈原“颜色憔悴，形容枯槁”，从而可知屈子已经垂垂老矣。因此可将《卜居》《渔父》置于《招魂》之后，合为《屈原赋》第四卷。

卷五：《惜诵》《抽思》《思美人》《涉江》《哀郢》《怀沙》《悲回风》《惜往日》。即原《九章》中抽去《橘颂》之后的“八篇”，并根据上述考证原则做了重新编排，形成具有连贯性情色意绪的命运交响曲。

关于《招魂》《卜居》《渔父》《大招》《远游》凡五篇辞赋是否为屈子所作，古今注释家多有争论。基于上述“外证”与“内证”之辨解，笔者支持前三篇为屈子所作、后两篇非屈赋之说。因此，本书屈赋五卷的今译，即为作者心目中的屈原赋“全译本”。个中缘由请参见《屈原赋辨译》第四卷以及即将出版的按本书新编屈赋顺序编排的《重订屈原赋辨译》（上、下卷）。再则，《屈原赋辨译》出版后，已发现“辨译”之见解有几处言之不妥，亦发现几处文字与标点错漏，已在重订本中修订。屈赋意蕴博大精深，拙译定有许多待改进之处，祈请读者诸君不吝教正，以便修订。

目录

第一卷　橘颂　九歌 …… 1
橘颂 …… 3
九歌 …… 10
第二卷　天问 …… 75
天问 …… 77
第三卷　离骚 …… 141
离骚 …… 143
第四卷　招魂　卜居　渔父 …… 201
招魂 …… 203
卜居 …… 242
渔父 …… 248
第五卷　惜诵　抽思　思美人　涉江　哀郢　怀沙　悲回风　惜往日 …… 253
惜诵 …… 255
抽思 …… 271
思美人 …… 285

涉江 …………………………………………………………… 296
哀郢 …………………………………………………………… 305
怀沙 …………………………………………………………… 315
悲回风 ………………………………………………………… 327
惜往日 ………………………………………………………… 343
附录 ……………………………………………………………… 357
清源正本　重塑诗神
——从药汀《屈原赋辨译》学术研讨会综述 …… 任文京　冯印淙　359

＊本书以作者观点探究辞意，因表达需要，有些词汇与常规用法不同，耐人品味。谨识。

第一卷

橘　颂

儿　歌

橘 颂

题 解

《橘颂》是《屈原赋》中唯一一首咏物抒怀的辞赋。

荆楚大地盛产橘，《汉书·食货志》有云："江陵千树橘"。博古通今而好学的屈子，生于斯，长于斯，耳濡目染，从"橘"的天生素质中，悟出做人之道——默默地绽放鲜花，美而不妖，以供人们赏心悦目；悄悄地孕育果实，秉性淳朴，以供人们品味甘甜。橘之**"深固难徙，更壹志兮"**的品质，唯贡是献，别无他求。灵慧的屈子心领神会，故赞而颂之，并声言：**"愿岁并谢，与长友兮!"**又说**"年岁虽少，可师长兮!"**以橘为效法的偶像，借以坚守自信、自尊、自励、自强。橘的品质，孕育着屈子的品质。

《橘颂》全篇皆颂**"橘"**。橘树使诗人之艺术心灵产生了"橘境"，屈子营造出的艺术审美效果，有如镜花水月，乃至如"庄周梦蝶"，物我两忘——**"橘"**似屈原，屈原似**"橘"**。真可谓：诗如其人，人如其诗。

（一）

后皇嘉树，
橘徕服兮！
受命不迁，
生南国兮！

后土皇天滋养的嘉树，
橘来承担嘉树之美名啊！
受天之命永世不迁移，
专心生在南国之沃土啊！

（二）

深固难徙，
更壹志兮！
绿叶素荣，
纷其可喜兮！

根深蒂固永不迁移，
志更专注笃定抱一啊！
翠绿之叶素洁之花，
纷披洒脱怡情可喜啊！

（三）

céng yǎn
曾枝剡棘，
tuán
圆果抟兮[①]！
róu
青黄杂糅，
文章烂兮[②]！

①**抟**：同“团”。

②**文章**：古代以青与赤相配合为“文”；以赤与白相合为“章”。此处泛指橘树上的橘果成熟过程青黄色彩错杂相间。

层层枝杈尖锐利棘，
果形扁圆果瓤饱满啊！
青青黄黄错杂相间，
色彩相配绚丽灿烂啊！

（四）

精色内白，
类可任兮[①]！
纷缊宜修[②]，
姱而不丑兮[③]！

①**类**：善。《诗·大雅·皇矣》："克明克类（能放光明能行善）。"

②**宜修**：指人格化的橘树修饰相宜。

③**不丑**：不从众，不随群。《诗·小雅·出车》："执讯获丑（捉来讯问擒获的众俘虏）。"又，《诗·大雅·常武》："铺敦淮溃（fén），仍执丑虏（淮水堤岸摆战场，就捉住一群俘虏）。"

表皮亮丽籽实洁白，
品性善良可担大任啊！
枝繁叶茂修饰相宜，
节操美好而不随群啊！

（五）

嗟尔幼志，
有（yòu）以异兮[①]！
独立不迁，
岂不可喜兮！

①**有**：同"又"。《论语·为政》："吾十有五而志于学。"

赞叹你幼小有大志，
又以志气与他树相异也！
独立于南国不迁移，

怎能令人不倍加欢喜呀！

（六）

深固难徙，
廓其无求兮！
苏世独立，
横而不流兮！

根深蒂固永不迁徙，
空廓超脱无所他求也！
醒悟浊世默守独立，
横绝污俗而不随流啊！

（七）

闭心自慎，
终不失过兮！
秉德无私，
参天地兮！

关闭心扉自求谨慎，
因而始终无过失呀！
秉持美德心地无私，

可齐高天比大地啊！

（八）

愿岁并谢，
与长友兮！
淑离不淫，
梗其有理兮！

愿年岁与你同日谢，
与你终生长为友啊！
善良俏丽而不淫乐，
其性耿直有条理啊！

（九）

年岁虽少，
可师长兮！
行比伯夷[①]，
置以为像兮！

①**伯夷**：古代典籍中的夷有三位：其一，《吕氏春秋·孟夏纪·尊师》载："帝颛顼（zhuān xū）师伯夷。"其二，《尚书·尧典》所言尧帝时主持制订礼法的"伯夷"。其三，《史记·伯夷列

传》所载“不食周粟”的“伯夷”。屈子所言“行比伯夷”之“伯夷”，是其在《离骚》开篇所言“帝高阳之苗裔兮”之“高阳”。高阳者，即传说中黄帝之孙古帝颛顼。是故屈子所言“行比伯夷”之“伯夷”者，即指屈子远祖古帝瑞顼的老师。众多学者注译成反对周武王伐纣而不食周粟的“伯夷”，未审屈原《天问》第八十九小节言“女惊采薇”的辞义里，对伯夷“不食周粟”而饿死是嘲讽的（详见拙著《屈原赋辨译·天问卷》）。

你的岁数虽然年少，
可以做我的好师长啊！
你的操行堪比伯夷，
置放我心头为偶像啊！

九　歌

导　言

何谓“九歌”？《山海经·大荒西经》云：有人珥（耳饰）两青蛇，乘两龙，名曰夏后开（夏禹之子夏启）。开上三嫔于天（夏启给天帝献上三位美女），得《九辩》与《九歌》。屈原之《离骚》、《天问》皆引此神话传说。屈赋之《九歌》，大抵取天帝“九歌”之为神圣的天乐妙音之意，而名之曰《九歌》。

屈原所著《九歌》之“歌”什么？自东汉王逸至当代学者，大多认定是祭祀天神、地祇（qí）、人鬼，脱离了文本情感场流荡着的情色意绪（详见《九歌》诸篇“题解”）。

《东皇太一》

题　解

《东皇太一》是一首借祭祀形式，愉悦“造物主”**东皇太一**的神话诗大合唱。

（一）

吉日兮辰良，
穆将愉兮上皇。
ěr
抚长剑兮玉珥，
qiúqiāng
璆 锵 鸣兮琳琅。

（男女二人歌舞，众男女曼舞四重唱。下同）

喜逢吉日啊良辰飞光，
肃穆恭敬以愉悦上皇。
抚按长剑柄上之玉珥，
玉珮锵鸣啊玎玲珰琅。

（二）

瑶席兮玉瑱(zhèn)，
盍(hé)将把兮琼芳①。
蕙肴烝(yáozhēng)兮兰藉(jiè)②，
奠桂酒兮椒浆。

①**盍**：语气词。清·俞樾《俞楼杂纂读楚辞》说："此盍字是语气词……此篇'盍将把兮琼芳'与下篇（《云中君》）云'蹇将儋兮寿宫'文法相似。"

②**蕙肴烝**：蕙草熏蒸的带骨的肉或肉块。**蕙**：香草名，又名薰草。**肴**：指肉菜；**烝**通蒸。

瑶草席四角啊压上玉镇，
恭持琼花啊舞弄芬芳。
供奉蕙蒸肴以兰草作垫，
祭奠桂花酒与花椒浆。

（三）

扬枹(fú)兮拊(fǔ)鼓，
□□兮□□。
疏缓节兮安歌，

陈竽瑟兮浩倡[①]。

①**倡**：通“唱”。

飞扬木槌啊敲大鼓，
□□□□□□□□□。
疏缓节奏而安详轻歌，
张扬竽瑟以浩荡欢唱。

校记：《东皇太一》共四小节，皆为阳韵，忽转歌韵，于韵不叶；此歌四句为一节，而此节只三句，不合体制，故以方框补第二句。

（四）

灵偃蹇（yǎnjiǎn）兮姣服[①]，
芳菲菲兮满堂。
五音纷兮繁会[②]，
君欣欣兮乐康。

①**灵**：此处指女巫。**偃蹇**：此处指舞姿。**偃**：仰。《诗·小雅·北山》：“或息偃在床。”**蹇**：跛。《庄子·达生》：“聋盲跛蹇。”是故“**偃蹇**”者，即身体一仰一俯、双脚一跛一抬之舞姿。译作“翩跹”以示其美。

②**五音**：又称“五声”，即古乐五声——五个音阶名：宫、

商、角（jué）、徵（zhǐ）、羽。**繁会**：错综纷繁交会，故可译作“五音纷鸣变奏交响”。

灵舞翩跹啊华衣飘扬，
香气浓郁啊弥漫殿堂。
五音纷鸣啊变奏交响，
上皇欣喜啊民众欢乐安康。

东　君

题　解

《东君》是借祭祀形式，赞美**东君**——太阳神的一首神话诗。内容展现着阳光普照、人民大众礼赞光明之主旨。艺术上呈现着华丽与壮美。

（一）

tūn
暾将出兮东方[①]，
照吾槛兮扶桑[②]。
抚余马兮安驱，
　jiǎo　　　　māng
夜皎皎兮既明。

①**暾**：刚出升的太阳。

②**“照吾槛兮扶桑”**：此处“兮”当作“之”，即“照我宫前

的栏杆之扶桑”。宫殿四周以扶桑树作栏杆，以显现壮美、华丽之妙。

（东君独唱，众男女曼舞四重唱。下同）

朝阳即将露面于东方，
照我宫前栏杆之扶桑。
抚拍我天马安稳奔驰，
夜色洁白而天已大亮。

（二）

驾龙辀(zhōu)兮乘雷①，
载云旗兮委蛇(wēi yí)。
长太息兮将上②，
心低佪兮顾怀③。

①**龙辀**：亦即弯曲的龙形车辕。**辀**：独木牵车杠，即独木车辕。**乘雷**：《淮南子·原道训》言：四时（四季）为马，阴阳为御（车伕）……（闪）电以为鞭策，（滚）雷以为车轮。

②③**长太息**：悠长地叹一口气。**将上**：将要升上青天。**心低佪**：心思往返盘旋的样子。**顾怀**：回顾怀想。此处两句辞底之意是：离开以扶桑为栏杆的宫殿，升上青天的一刹那，长叹声里，眼神、心思荡漾着对其宫殿留恋流连的回顾与怀想。惟妙惟肖的辞语，人性化了的庄严日神之可爱的人情味儿——犹如风姿潇洒的才俊，多情善感。

马驾龙辕我稳乘雷轮车，
车载彩云旗啊舒卷飘扬。
离宫长叹息即将上青天，
心思盘旋啊我回顾怀想。

（三）

□□□兮□□，
□□□兮□□。
羌声色兮娱人[①]，
观者憺(dàn)兮忘归[②]。

①羌：发语辞。

②憺：此处义为“安然”。《文选·子虚赋》：“憺乎（安然）自持。”

□□□□□□□□□□，
□□□□□□□□□□。
雷车彩云旗声色娱人，
观者安然微笑而忘归。

校记：疑此小节前两句当有关于东君乘雷车行天的描写，传抄者遗漏。姑且以方框补之。

（四）

gēng
縆瑟兮交鼓[①]，
xiāo　　jù
箫钟兮摇簴。
chí
鸣篪兮吹竽，
kuā
思灵保兮贤姱[②]。

①**縆**：《说文》："大索也，一曰急也。"汉·《王逸章句》曰："縆，急张弦也。"

②**灵保**：指由巫师扮演的太阳神。其**"思灵保兮贤姱"**是众歌者赞美巫师扮演的**"东君"**偕同普照人间之太阳神**"贤姱"**，不是赞美巫师本人。

（巫师领唱，众男女曼舞四重唱）

急弹瑟弦啊交相擂鼓，
敲击编钟啊钟架轻摇。
篪管齐鸣啊吹竽品箫，
感念太阳神啊贤达美好。

（五）

xuān　　　zēng
翾飞兮翠曾[①]，
展诗兮会舞。
yìng
应律兮合节，

灵之来兮蔽日[②]。

①**翾**：轻飞。《荀子·不苟》："喜则轻而翾"（一般人遇喜事则轻佻如小鸟轻飞）。"

②**灵**：此处指歌舞吸引来的四面八方之众神。

舞裙轻飘又急速翩飞，
展诵新诗而会合曼舞。
诗应乐律而舞踏节拍，
众神来观将太阳遮住。

（六）

青云衣兮白霓裳，
举长矢兮射天狼。
操余弧兮反沦降，
援北斗兮酌桂浆。

青云长袍啊白霓短裳，
奋举长箭啊力射天狼。
持我硬弓而转身下降，
援引北斗啊酌饮桂浆。

（七）

□□□兮□□□，
□□□兮□□□。
撰余辔兮高驰翔[①]，
杳(yǎo)冥冥兮以东行(háng)[②]。

①**撰**：持，揽。《礼记·典礼（上）》：“侍坐于君子，君子欠伸，撰杖（揽手杖）。”

②**东行**：古人认为太阳绕大地行进。李白《日出行》云：“日出东方隈，似从地底来。历天又入海，六龙所舍安在哉?”

□□□□□□□□□，
□□□□□□□□□。
揽马缰绳我高驰远翔，
夜色昏暗中行往东方。

校记：《九歌》皆四行为一小节，疑古代传抄过程脱漏两行，姑且以方框补之。

云中君

题　解

《**云中君**》，这“**云中**”之“**君**”是何神也？自古至今，楚辞学者众说纷纭。

从文本中言**云中君**的辞语——“**灵连蜷兮既留，烂昭昭兮未央**”之形象上可断定：**云中君**即彩虹。《**云中君**》的主旨，是言庄稼已经长高或即将成熟之时，遭遇连阴雨。民众祈求上天停止降雨。见云天中虹神出现，以为天将放晴，而虹神却“**猋**（biāo）**远举兮云中**”。民众“**长太息**”，哀叹“**极劳心兮忡忡！**”此篇显现着政治思想家屈子爱国忧民之品德。

（一）

浴兰汤兮沐芳，
华采衣兮若英。

灵连蜷兮既留，
烂昭昭兮未央。

（女巫边舞边唱，男女曼舞二重唱）

兰汤浴身而洗髮沐香汤，
身穿华丽彩衣像鲜花怒放。
云中君连蜷已停留我身上，
灿烂辉煌啊依然放彩光。

（二）

蹇将憺兮寿宫[①]，
与日月兮齐光。
龙驾兮帝服，
聊翱翔兮周章[②]。

①**蹇**：楚地发语词。**憺**：通“澹”。安然澹泊。

②**周章**：王逸《楚辞章句》注曰：“周章犹周流也。”又《易·系词（下）》：“变动不居，周流六流六虚。”

（男巫边舞边唱众男女曼舞唱和）

我将澹泊安然居寿宫，
常与日月啊一齐发光。
驾龙车而穿七彩帝服，
姑且翱翔啊周流四方。

（三）

灵皇皇兮既降①，
猋（biāo）远举兮云中②。
览冀州兮有余③，
横四海兮焉穷④！

①**灵**：指云中君——虹神。**皇皇**：通“煌煌”。《诗·小雅·皇皇者华》：“皇皇，犹煌煌也。”

②**猋远举兮云中**：犬奔貌。引申为迅速貌。**举**：飞。《吕氏春秋·论威》：“兔起”（蹦）“凫举”（飞）。

③**冀州**：古人认为华夏大地按“井”字形排列的九片土地拼合而成，而冀州为九州之首，故常以“**冀州**”代表“九州”。

④**焉穷**：对应上句“**有余**”。

（男女曼舞四重唱）

灵煌煌兮已降临天边，
急速远逝而隐入云中。
纵览九州阴云密布尚有余，
横观四海乌云翻滚焉能穷！

（四）

□□□兮□□，
□□□兮□□。

思夫君兮太息[①]，
极劳心兮忡忡！

①**思夫君**：思索那灵君（虹神）。**夫**：指示代词。

□□□□□□□□□□，
□□□□□□□□□□。
思索灵君急逝而长叹气，
极劳心耗神而忧心忡忡！

校记：疑此小节传抄中脱漏两句，故以方框示之。

大司命

题　解

大司命统司人之生死，类似传说中的死神、瘟神。其“权柄”是“索命”。

《**大司命**》情节类似流行于湖南、湖北以及云贵等地驱疫鬼逐瘟神之傩（nuó）戏。屈子采取傩戏的形式，调侃、戏弄、驱逐死神**大司命**所独创的讽刺诗、滑稽剧。此剧由一位壮汉扮演**大司命**；由一位老人扮演巫师迎送调侃**大司命**者；尚有男女群众演员，伴随迎送**大司命**的四重唱。

（一）

广开兮天门，
纷吾乘兮玄云。
令飘风兮先驱[①]，

使涷(dōng)雨兮洒尘②！

①**飘风**：旋风。《诗·大雅·卷阿》："飘风自南。"《毛传》："飘风，廻风也。"廻风即旋风。

②**涷雨**：暴雨。《尔雅·释无》："暴雨谓之涷。"

（大司命反复狂舞变词唱）

令门卫敞开天庭大门，
我乘驾着滚滚之乌云。
命令旋风给我作先锋，
驱使暴雨为我洗灰尘！

（二）

君廻翔兮以下，
逾空桑兮从女①。
纷总总兮九州，
何寿夭兮在予②！

①**逾空桑**：越出空桑。**空桑**：太阴之神玄冥所居之地，类似后世所言"阴曹地府"。**从女**：追随你。**女**：此处通"汝"。

②**何**：代词"谁"。裴学海《古书虚字集释》："（刘向）说苑复恩篇：'主晋祀者，非君而何？'左传僖二十四年，'何'作'谁'。"

（老巫领唱，众和唱）	君盘旋翱翔而来下， 越出空桑我追随你。
（大司命反复狂舞变调唱）	林林总总九州之生命， 谁死谁活权柄在我手里！

（三）

高飞兮安翔，
乘清气兮御阴阳[1]。
吾与君兮齐速[2]，
导帝之兮九阬(gāng)[3]。

①**御阴阳**：此处指驾御、掌握人之“夭寿”、“死活”。

②**齐速**：即“急速”。闻一多《解诂》引《礼记·玉藻》“君子……见所尊者齐遬（见到所尊者急速迎上）。”

③**导帝**：引导大帝。老巫师之所以称瘟神**大司命**为帝，是以表面恭维、抬举，隐含挖苦、戏弄。**九阬**：当是老巫师及民众的村落名。**阬**：丘陵，土岗。

（大司命反复狂舞变调唱）	高飞云天啊安稳翱翔， 乘清凉之气驾御阴阳。
（老巫师嬉唱众嬉和）	我与君比肩急速飞行， 引导你这个大帝前往九岗。

（四）

灵衣兮被被（pī pī）[①]，
玉佩兮陆离[②]。
壹阴兮壹阳[③]，
众莫知兮余所为[④]。

①**灵衣**：灵袍。诸多学者译作“云衣”，错。**“灵衣”**之词含有瘆人的阴森气。**“被”**：通“披”。**“被被”**，形容**“灵衣”**飘飘扬扬。

②**陆离**：形容**玉佩**参差错综、色彩缤纷。此处引申为“叮咚交响”为宜。

③**壹阴壹阳**：此处**“阴”**、**“阳”**当指死活、夭寿。**“阴”**指“死”，**“阳”**指“活”。

④**众莫知兮余所为**：在扮演老巫“请神迎神”的“殷勤”中而忘乎所以的**“大司命”**，便说出这句忘乎所以的——**“众莫知兮余所为”**的妄语狂言。此乃屈子精妙构思中的神来之笔！从而引出下文老巫以戏谑地赠升麻而驱之等幽默滑稽而又端庄的喜剧情节。

（大司命反复狂舞变调唱）

灵衣啊披披飘飘扬扬，
腰间玉佩啊叮咚交响。
我掌握人之生死存亡，
众人不知我干何勾当。

（五）

折疏麻兮瑶华[①]，
将以遗(wèi)兮离居[②]。
老冉冉兮既极，
不寖(qīn)近兮愈疏[③]。

①**疏麻**：闻一多《解诂》说：“王（逸）曰：‘疏麻，神麻也。’神升声近，疑神麻即升麻。”《本草纲目·瘟疫》载：“升麻……解百毒，杀百精老物殃鬼，辟瘟疫……”屈子写老巫师所言**“折升麻兮瑶华，将以遗兮离居。老冉冉兮既极，不亲近兮愈疏。”**是以调侃嘲弄的语气反话正说；是以辟邪之“升麻”驱殃鬼逐瘟神。

②**离居**：代指**“大司命”**。徐仁甫《楚辞文法概要》说：“按：‘离居’本动词词组，此代离居之人，则动词组代名词用。”

③**寖近**：贴近，亲近。此乃巫师老人挖苦大司命反话正说的俏皮话。

（老巫表演唱，众表演和）

我折取来白花之升麻，
用以赠送大司命离居之神。
我渐渐衰老了已临近寿终，
不亲近您则愈显生分。

按：此小节是扮演驱魔巫师老人以戏弄的语言赠升麻驱赶魔王“**大司命**”，从而引出下文大司命“**高驰兮冲天**”——狼狈逃窜。

（六）

乘龙兮辚辚[①]，
高驰兮冲天。
结桂枝兮延伫[②]，
羌愈思兮愁人！

①**乘龙**：即乘独木龙形车辕之车。

②**结桂枝兮延伫**：意谓大司命一见驱瘟鬼之**升麻**而逃跑**冲天**之后，惊魂未定，下意识地扭结揪扯车上插着的桂枝旗，愣怔着久久伫立发呆。

（大司命哀吟）

乘龙车呦车轮滚滚声辚辚，
快跑高奔呀我冲进乌云天。
扭结桂枝旗呦我久久伫立，
唉唉，越思越想越愁煞人！

（七）

愁人兮奈何，
愿若今兮无亏。

固人命兮有当，
孰离合兮可为！

（老巫表演唱，男女表演四重唱）

愁煞你啊你能奈何谁，
我们愿像现在呀无人命危。
原本人命啊皆有定规，
人生离合谁能操纵来支配！

少司命

题　解

相对于**大司命**主掌死亡，则**少司命**主管生育、护佑儿童。《周礼·媒氏》记载："中春之月，令会男女，于是时也，奔者不禁。"此篇《**少司命**》，乃是大才子、大诗人屈原，以古代春秋两季"郊媒"活动及其衍化出来的"郊媒"神话故事为蓝本，抛开繁琐的"郊媒"升烟、献祭品等仪式，只以山野溪边之高坡地为舞台，以**少司命**为男主角，以一位代表女性求偶的女郎为配角，以众多男女奔走求爱者为群众演员，以其飞花之妙笔，营造出一场风度翩翩的男神**少司命**与情意绵绵的怀春女郎相爱相思的恋爱神话歌舞戏。

（一）

秋兰兮蘼芜，
罗生兮堂下①。

绿叶兮素华，

芳菲菲兮袭予②。

①**罗生**：罗列生长。**堂下**：高坡下。**堂**：此义为“高地”。《诗·秦风·终南》：“终南（山）何有？有纪有堂。”“纪”，《辞源·注》：“基也。”堂，《辞源·注》：“山上宽平处。”大篆“堂”字写成上部为“高”，下部为“土”的象形字，“高土”亦即“高地”。联系文本“**秋兰**”（亦称“泽兰”）、“**蘼芜**”皆生长在江泽岸边，故“**堂下**”者，即泽畔岸边的高山腰或丘陵下之“高地”也。

②**芳菲菲**：花香浓郁。**予**：我。**少司命**自指。

（少司命表演唱，男女曼舞四重唱）

丛丛秋兰啊与蘼芜，

罗生在泽畔啊山坡下。

绿叶衬托素洁的花，

香气菲菲啊扑我脸颊。

按：此小节皆系**少司命**所唱。“**秋兰兮蘼芜**”，既是写景，又暗喻青年男女求爱者。“**罗生兮堂下**”，暗喻求爱男女众多及相会之处所。

（二）

□□□兮□□，

□□□兮□□。

夫人自有兮美子①，

荪何以兮愁苦[②]！

①**夫**：发语词，音 fú。置于句首表示要发表议论。

②**荪**：美草名，此处借以表敬称——您。是**少司命**指称求偶者。

（少司命表演唱，男女曼舞四重唱）

□□□□□□□□□，
□□□□□□□□□。
凡是人嘛自然都能有美子，
您何必为尚无后代而愁苦！

校记：《少司命》系四行为一小节，六句相联不合章法，而且无韵可叶，疑脱漏两行以方框标之。

（三）

秋兰兮青青（jīng），
绿叶兮紫茎。
满堂兮美人，
忽独与余兮目成[①]。

①**目成**：以眼光示爱表钟情于对方。唐·元稹《长庆集十一》："横波掷目成。"

（女郎表演唱，众女曼舞四重唱）

山泽畔秋兰啊棵棵茂盛，
碧绿的叶子哟紫色的茎。
满山坡的美女呀亭亭玉立，
您却忽然独与我眉目传情。

（四）

入不言兮出不辞，
乘回风兮载云旗。
乐莫乐兮新相知，
悲莫悲兮生别离①。

①此小节第三、四句王逸《楚辞章句》书作“悲莫悲兮生别离，乐莫乐兮新相知。”不妥。一则不叶韵；再则从情感上说，既然**少司命**与心目中的女郎言离别，故先言“**乐莫乐兮新相知**”，后言“**悲莫悲兮生别离**”，方符合情感变化之情理，而且“**离**”与第二句“**旗**”叶韵。

（少司命表演唱，男女曼舞四重唱）

入堂不言哟出堂不面辞，
乘驾旋风啊风头飘云旗。
乐莫乐过哟新相知，
悲莫悲过哟生别离。

（五）

荷衣兮蕙带，
倏而来兮忽而逝。
夕宿兮帝郊，
君谁须兮云之际[1]？

①**君**：此处是女郎尊称少司命。**须**：等待。《诗·邶风·匏有苦叶》："人涉卬（áng）否（别人渡河我不渡），卬须我友（我要等待我的朋友）。"

（女郎表演唱，男女曼舞四重唱）

荷叶衣衫飘飏蕙兰带，
您忽而降临又忽而退。
夜晚留宿天帝都城外，
君在云之端哟等待谁？

按：此小节是女郎仰望青天白云，向**"忽独与余目成"**的**少司命**无可奈何地发问——"你在云端等待谁呀？"

（六）

与女(rǔ)沐兮咸池[1]，
晞女发兮阳之阿[2]。

望美人兮未来[3]，
临风怳兮浩歌[4]！

①**咸池**：神话中太阳洗澡处。

②**阳之阿**：九阳山之山坡。

③**美人**：即**“少司命”**所言的**“乐莫乐兮新相知”**者——女郎。

④**怳**：通“恍”。

（少司命表演唱，众男女曼舞四重唱）

想给你洗发在日浴池，
晒干你的美发于九阳山坡。
盼望美人来临却未来，
临风恍惚而仰天高歌！

（七）

孔盖兮翠旌，
登九天兮抚彗星[1]。
竦长剑兮拥幼艾，
荪独宜兮为民正[2]！

①**抚彗星**：安抚彗星。**彗星**：俗称“扫帚星”，民间多视之为“灾星”。联系下句**“拥幼艾”**，是故**少司命**之**“抚彗星”**，其辞底之义即是安抚**“彗星”**不要到民间作祟危害儿童。

②**民正**：民众之官。**正**：长官，官员。《尚书·说命》：“昔先

正保衡”（昔日先王座下的长官阿衡伊尹）。

（男女二人表演唱，男女曼舞反复四重唱）

孔雀翎伞盖翠鸟羽毛旌，
少司命登天哟安抚彗星。
您手挺长剑呀怀抱幼童，
君独宜于做天官护民命！

湘　君

题　解

如何解释**《湘君》**以及下篇**《湘夫人》**，自汉代至今众说纷纭。一说是尧之二女舜之二妻娥皇、女英；一说湘君指舜，湘夫人指二妃；还有屈子写祭祀湘君、湘夫人之说。皆背离文本之情感场及其情色意绪。窃谓**《湘君》《湘夫人》**，是屈子匠心独运、独出心裁所创作的男女水神相思、各自言情之独唱众和的神话诗，或称之为各自隔空独唱的独角表演戏。

《湘君》通篇皆是**湘夫人**思念**湘君**、寻觅情人的心路历程。

（一）

君不行兮夷犹[①]？
蹇谁留兮中洲[②]？
美要眇兮宜笑[③]，

沛吾乘兮桂舟[④]！

①**不行**：指心上人湘君不出赴约。**夷犹**：疑**湘君**对爱情犹豫。

②**蹇**：原义为“跛”，承上言“**夷犹**”，义为裹足不前。**中洲**：为叶韵而倒置“**洲中**”，译作“芳洲”为妙。

③**要眇**：闻一多《解诂》解“**要眇**”说：“《文选·海赋》‘暖眇蝉蜎。’要眇即暖眇”。又在《校补》中解“**宜修**”说：“按：‘修’疑当为‘宜笑’……本书屡言‘宜笑’，《山鬼》曰：‘既含睇兮又宜笑’……”

④**沛**：此处义为“迅急”。《汉书·郊祀歌》：“灵之来，神哉沛。”《辞源》注：“沛，疾貌。”

（湘夫人独唱表演，众女唱和。下同）

湘君不来呀是在犹豫？
裹足不前为谁留芳洲？
我美在媚眼又善巧笑，
速乘桂舟啊主动追求！

（二）

令沅湘兮无波，
使江水兮安流。
望夫君兮未来[①]，
吹参差（cēn cī）兮谁思[②]！

①**望夫君**：望那湘君。**夫**：读 fú，指示代词。

②**参差**：此处指长短不齐的管乐。《尔雅·释乐》载，《风俗通》云："舜作箫，其形参差，以象凤翼。"《元史·礼乐志》曰："……箫二：编竹为之，每架十有六管……亦号排箫。"

令沅湘啊息浪宁波，
使江水啊安稳平流。
望那湘君啊君却未来呀，
吹排箫非君为谁思悠悠！

（三）

驾飞龙兮北征，
邅(zhān)吾道兮洞庭[①]。
薜荔柏兮蕙绸[②]，
荪桡兮兰旌。

①**邅**：楚国方言：转道。《离骚》："邅吾道夫昆仑兮。"

②**薜荔柏**：古今众说纷纭。汤炳正《楚辞今注》说："洪氏《考异》：'柏一作拍'，即后世之'箔'字。此谓以薜荔香草织为帘箔。"**蕙绸**：汤炳正说，"蕙绸：绸即帱之借字，或作幬，即床帐。蕙绸，谓以蕙兰香草织为帷帐。"言之有理。此处当译作"蕙草作舱帷"。

驾驭龙舟啊往北飞征，
中途转道啊驶向洞庭。

薜荔作舱帘啊蕙草作舱帷，
香荪饰船桨啊兰花缀船旌。

（四）

望涔(cén)阳兮极浦，
横大江兮扬灵①。
扬灵兮未极，
女婵媛兮为余太息②！

①**扬灵**：扬神灵之光。神话中**湘夫人**是水神，“神”皆有“灵光”。

②**女**：指陪同**湘夫人**的侍女。**婵媛**：喘息。闻一多《解诂》说：“婵媛，依字当作啴咺……《方言一》曰：‘凡恐而噎噫……南楚江湖之间谓之啴咺’……凡情绪紧张……莫不喘息。”

翘望那涔阳浦之极远处，
横冲大江啊我扬灵光闪希冀。
飞扬灵光啊却未达到目的地，
侍女喘息哟为我长叹气！

（五）

横流涕兮潺湲①，

隐思君兮陫侧。
□□□兮□□，
□□□兮□□。

①**横流涕**：涕泪交流。**横**：交，交集。《文集·拜中军记室辞隋王笺》："揽涕告辞，悲来横集。"唐·张铣《注》："横，交也。"**潺湲**：水流貌。此处言"**流涕**"译作"涟涟"为宜。

泪涕交集而流淌涟涟，
暗思湘君啊忧心忡忡。
□□□□□□□□□，
□□□□□□□□□。

校记：此小节之"**悱侧**"与下文之"**积雪**"不叶韵，疑脱漏两句，以方框补之。

（六）

桂棹（zhào）兮兰枻（yì）①，
斫冰兮积雪②。
采薜荔兮水中，
搴芙蓉兮木末。

①**桂棹**：桂木长桨。**兰枻**：玉兰木短桨。《史记·司马相如列

传·子虚赋》：“扬桂枻”。又一义为船舷。此处言船急行，译作“短桨”为宜。

②**斫冰兮积雪**：劈水如冰积浪似雪。此句**斫冰**是言江水平静光亮“如冰”，**积雪**是言激起江水浪花“如雪”。极言其行船速度之快；喻其寻觅湘君之心急、行色匆匆而艰辛。

桂木长桨啊玉兰木短桨，
船劈如冰之水积浪似雪。
寻君如采薜荔于江水中，
觅君如摘荷花在树梢末。

（七）

心不同兮媒劳，
恩不甚兮轻绝[①]。
□□□兮□□，
□□□兮□□。

①**恩不甚**：恩爱不真不诚。**甚**：诚，真。《战国策（四）》：“（秦昭王）曰：‘……今韩魏……以无能之（臣）如耳、魏齐，帅弱韩、魏（之兵）以攻秦，其无奈寡人何，亦明矣！’左右皆曰：‘甚然！’。”缪文远《注》曰，“甚：诚，真。”

心思不同则媒介徒劳，
恩爱不诚则轻率断绝。

□□□□□□□□□，
□□□□□□□□□。

校记：此小节“**轻绝**”与下文“**翩翩**”不叶韵。疑脱漏两句，故以方框补之。

（八）

石濑兮浅(jiān)浅[①]，
飞龙兮翩翩。
交不忠兮怨长，
期不信兮告余以不闲！

①**石濑**：水流巨石之间而形成的急流。**濑**：湍急的流水。**浅浅**：拟声词，形容流水声。

江石间流急啊水声溅溅，
龙舟飞行啊姿态翩翩。
交心不忠则哀怨悠长，
不守约期却告诉我不得闲！

（九）

朝骋骛兮江皋，
夕弭(mǐ)节兮北渚。

鸟次兮屋上[①]，
水周兮堂下[②]。

①② **“鸟次”、“水周”** 句，以其冷清喻湘夫人寻湘君未果，显现其心地凄凉冷落的情色意绪。

清晨驾龙舟啊驰骋江湖，
傍晚停龙舟于北渚。
小鸟栖息在堂屋上，
江水环绕于堂基流。

（十）

捐余玦兮江中[①]，
遗（yí）余珮兮澧浦[②]。
采芳洲兮杜若[③]，
将以遗（wèi）兮下女。

①**捐**：舍弃，抛弃。《史记·灌夫传》：“侯自我得之，自我捐之。”**玦**：缺口的玉环。

②**遗**：与“**捐**”同义。**珮**：玉珮。上句弃“**玦**”，下句弃“**珮**”。古今“君子佩玉”，是故此处所言之“**玦**”与“**珮**”，显然是“**湘君**”赠与“**湘夫人**”定情物。

③**杜若**：《本草纲目》载，“杜若，芳草名，药材，主治头昏，

服之令人不忘。”

抛弃你赠我的玉玦于江中，
撇弃你送我的玉珮于澧浦。
采挖芳洲生长的醒药杜若，
将以此药赠与你身边侍女。

（一一）

□□□兮□□□，
□□□兮□□□。
时不可兮再得，
聊逍遥兮容与[①]。

①**容与**：此处义为“放纵”。《庄子·人间世》：“因按人之所感（以压制别人的所思所感），以求容与其心（以达求放纵自己的心意）。”此处“容与”，喻湘夫人娇嗔，以要小脾气放纵其心以自慰。

□□□□□□□□□□，
□□□□□□□□□□。
幽会的时光不可能再得，
姑且逍遥啊以纵情游乐！

校记：疑此小节脱落上两句，故以方框补之。

湘夫人

题　解

此篇**《湘夫人》**是**湘君**寻觅**湘夫人**，想象着：在江中为其心上人**湘夫人**建造宫室，布置殿堂。结尾类同《**湘君**》结尾。艺术处理上，比之《**湘君**》中的**湘夫人**之言行举止更别出心裁，显现着**湘君**作为男人的气质，呈现着阳刚之美。是屈子为与《**湘君**》篇相呼应而创造出的一位艺术化的男水神。

（一）

帝子降兮北渚①，
目眇眇兮愁予。
嫋嫋兮秋风，
洞庭波兮木叶下。

①**帝子**：天帝的女公子。此处特指天地的女儿水神**湘夫人**。“女公子”是专对他人之女儿的敬称。**“帝子”**则是对帝王之女公子的尊称。**北渚**：洞庭湖北端的小山丘。

（湘君独唱，众男人和。下同）

女帝子快快呀降临北渚，
放眼远望呦使我愁凝愁。
秋风缭绕啊天地冷飕飕，
洞庭掀浪呦落叶飘悠悠。

（二）

登白薠(fán)兮骋望，
与佳期兮夕张(zhàng)①。
鸟何萃兮蘋(pín)中②，
罾(zēng)何为兮木上③。

①**与**：读作 yù，此处训作“为”（wèi）。《史记・陈涉世家》：“陈涉少时，尝与人佣耕（曾经为地主当佣人耕地）。”**佳**：此处乃是“佳人”之省略，系指**“湘夫人”**。**期**：此处训作“约期”、“期会”之“期”，即约定时间会聚。《史记・项羽本纪》：“汉王……与淮阴侯韩信、建成侯彭越期会（约定时间会聚）而击楚军。”**夕张**：黄昏设置幕帐。**张**：读“帐”，古代“张”通“帐”。《荀子・正论》：（天子）“居”（接见诸侯）“则设张容”（设置帐幕安放屏风），“负扆”（yǐ）“而坐”（背对屏风而坐）。因为**湘夫人**是

“帝子”，故以最高规格设置“幕帐”来接待。

②③两句，与上篇《**湘君**》中**湘夫人**所言之**“采薜荔兮水中，搴芙蓉兮木末”**二句，有异曲同工之妙！喻正常的相爱不能达到，显现出彼此相爱之愿望不随心的失落感。诗语俏皮而回旋着无可奈何的忧伤，皆系大手笔，妙！妙不可言。

登上白薠草岸而放眼眺望，
为佳人黄昏期会已设幕帐。
燕雀何故栖息在呀水蘋中。
扳网为何设置在呦树顶上。

（三）

沅有茝兮澧有兰，
思公子兮未敢言。
荒忽兮远望，
观流水兮潺湲。

沅岸有香茝啊澧浦有美兰，
思念女公子啊不敢吐怨言。
精神恍惚啊迷离远望，
百无聊赖观流水潺潺。

（四）

麋何食兮庭中[①]！
蛟何为兮水裔[②]！
□□□□□□，
□□□□□□。

①②此两句言麋鹿、蛟龙生活反常。喻**湘君**怀疑心目中的**湘夫人**对待恋爱违反常情；兼喻**湘君**莫名的失落感。

麋鹿为何觅食到庭院中！
蛟龙何故卧伏在江水边！
□□□□□□□□□□，
□□□□□□□□□□。

校记：疑此小节与下文前两句辞气不通，疑失落下两句。故以方框补。

（五）

朝驰余马兮江皋，
夕济兮西澨（shì）[①]。
闻佳人兮召予[②]，
将腾驾兮偕逝[③]！

①**澨**：水边。

②③此两句极言**湘君**对**湘夫人**爱之深、思之切所产生的“幻觉”、“迷思”，喻多情的**湘君**对**湘夫人**的挚爱痴情。

清晨我驰骋龙马于江岸，
傍晚摆渡到了湘水西沿。
忽闻湘夫人啊在召唤我，
将腾车相偕而共赴乐园！

（六）

□□兮□□，
□□兮□□。
筑室兮水中，
葺(qì)之兮荷盖。

□□□□□□□□，
□□□□□□□□。
筑造宫室于清澈水中，
装修宫顶以碧荷覆盖。

校记：此小节开头言**“筑室兮水中”**云云，出语突兀，疑传抄者脱漏前两句，故以方框补之。

（七）

荪壁兮紫坛[①]，
播芳椒兮成堂。
桂栋兮兰橑，
辛夷楣兮药房[②]。

①**荪**：溪流边生长的香草。**紫**：紫贝壳。**坛**：《淮南子·说林训》："腐鼠在坛。"高诱注："楚人谓中庭为坛。"

②**药房**：白芷镶门框。**药**：白芷。《本草纲目》载，"时珍曰：'药……古人谓之香白芷'。"**房**：门膀（门框）。闻一多先生《解诂》说："房疑读为榜，字一作膀。门膀也，盖门户两旁之直柱。"窃以为上言**辛夷楣**（门楣），此言**药房**（门框）合理。

溪荪饰墙壁以紫贝贴中庭，
布播花椒香料已熏香中堂。
桂木的栋梁啊玉兰木的椽，
辛夷作门楣啊白芷镶门框。

（八）

罔薜荔兮为帷，
擗（pǐ）蕙櫋（mián）兮既张[①]。

白玉兮为镇，
疏石兰兮为芳。

①櫋：帷檐。

编结薜荔以作床帷帐，
剖蕙作帷檐已镶帐上。
晶莹白玉压床席四角，
陈设石兰以弥漫幽香。

（九）

芷葺(qì)兮荷屋，
缭之兮杜衡。
合百草兮实庭，
建芳馨兮庑(wǔ)门①。

①**庑门**：通向殿堂周围走廊的廊屋之门。

按：从上文第五小节言**“闻佳人兮召余”**之后所言——“忙”于**“筑室兮水中”**，至第九小节所言**“芷葺兮荷屋……建芳馨之庑门”**云云，皆系多情的**湘君**幻想中迷思，迷思中的幻想。借以展示**湘君**对**湘夫人**爱之深，恋之切。

白芷装饰那碧荷华屋，
荷屋周围缭绕以杜衡。
聚合百草以充实庭院，
建洋溢芳馨之廊庑门。

（十）

（九嶷缤兮并迎，
灵之来兮如云。）

校记：笔者认为此两句，乃是认定**湘君**是舜之化身的好事者，将**《离骚》**中第七十一小节所言**“九疑绽其并迎……”**妄加于此处。是故只摘录，不译。

（一一）

捐余袂(mèi)兮江中①，
遗余褋(diè)兮澧浦②。
搴(qiān)汀洲兮杜若③，
将以遗兮远者。

①**袂：**袖子。
②**褋：**长单衣。
③**搴：**拔取。

把你送我的外衣抛于水中，
把你给我的内衣弃于澧浦。
拔取汀洲生长的杜若，
赠与疏远我的忘情人。

（一二）

□□□兮□□，
□□□兮□□。
时不可兮骤得[①]，
聊逍遥兮容与[②]！

①**时**：指**湘君**幻想着解除误会而能与**湘夫人**相见合好之“时光”或“时机”。

②**容与**：此处义为“放纵其心”。《庄子·人世间》：“……以求容与其心。”唐·成玄英《疏》：“容与，犹放纵也。”

□□□□□□□□□□□，
□□□□□□□□□□□
相见时机啊不可骤然获得，
暂且逍遥以放纵我心！

校记：《湘君》《湘夫人》应皆为十小节。**《湘君》**出现十一小节，此篇出现十二小节，已见衍文、失落文。此小节失落两句，故以方框补之。

河　伯

题　解

《山海经·海内北经》："从极之渊，深三百仞，维冰夷恒都焉。冰夷人面，乘两龙。"郭璞《注》："冰夷即冯（píng）夷。"此言"乘两龙"，与《**河伯**》所言"乘两龙"相吻合。

此歌前两节是**河伯**独唱，展示出黄河解冻后，放荡不羁的**河伯**率领妻妾乘龙所驾的水晶车，兴风作浪游逛九河；**河伯**登上古人所云黄河发源地昆仑山，霸气洋洋，不可一世，忘乎所以；在"**憺忘归**"的游乐之中，忽然想到遥远的入海口，而乐极生悲。

第三小节是歌咏队合唱，质问**河伯**为何不居住豪华宫殿，而浪游水中。暗示**河伯**放荡不羁，意含鄙视。

结尾是老翁领唱众和，意含调侃。

（一）

与女游兮九河[①]，

冲风起兮横波。
乘水车兮荷盖，
驾两龙兮骖螭(cānchē)[②]。

①**女**：此处泛指妻妾。**九河**：黄河故道。自河南孟津而北，黄河分为九道，故名。黄河多次泛滥改道，难以确考。此处**九河**，代指黄河。

②**骖**：驾车时位于两旁的马，此处代指边套。**螭**：神话中无角的龙。今音读 chī 古音读 chē。

（河伯狂舞唱，男女二重唱）

我与妻妾一同啊游九河，
暴风腾起浪涛啊掀狂波。
乘水晶华车以翠荷为盖，
中间驭两龙边套驾双螭。

（二）

登昆仑兮四望，
心飞扬兮浩荡！
日将暮兮憺(dàn)忘归，
惟极浦兮寤怀[①]！

①**惟极浦兮寤怀**：意即：想起流到极浦入海口则断流，胸怀梗塞而不畅。**寤**：通“牾”，义为“逆”。《史记·郑世家》：“（武姜）生太子寤生。生之难。”即足手先出。

登上昆仑而极目四望，
心思飞扬啊浩浩荡荡！
日将垂暮啊惆怅忘归，
忽想起入海口而心怀不畅！

（三）

鱼鳞屋兮龙堂，
紫贝阙兮朱宫[①]，
□□□兮□□，
灵何为兮水中？

①**阙**：古代皇宫大门前两边供瞭望的楼。

（老翁独唱，男女二重唱）

鱼鳞盖屋啊龙盘玉柱堂，
紫贝镶宫阙珍珠镶龙宫。
□□□□□□□□□□□，
河伯为什么而游荡水中？

校记：此小节疑失落第三句，以方框补之。

（四）

乘白鼋(yuán)兮逐文鱼，

与女游兮河之渚。
流澌(sī)纷兮将来下[①]，
□□□兮□□□。

①**流澌**：《说文解字》："澌，流冰也。"**将来下**：随从来顺从。将：随从，顺从。《汉书·礼乐志·郊祀歌》："九夷宾将（九夷宾服顺从）。"

（河伯表演唱，众男女二重唱）

乘驾白鼋而追逐斑纹鱼，
与妻妾游逛啊河之洲渚。
浮冰纷纷也顺从而流下，
□□□□□□□□□□。

校记：此小节疑失落第四句，以方框补之。

（五）

子交手兮东行[①]，
送美人兮南浦[②]。
波滔滔兮来迎，
鱼鳞鳞兮媵予[③]。

①**子**：古代对男子的敬称，此处义同现代之"您老"，指**河伯**言，义含嘲弄。**交手**：拱手告别的动作。

②**美人**：指河伯的一群妻妾。老翁称其为**“美人儿”**，意含调侃、嘲弄。

③**鱼鳞鳞**：鱼群众多的样子。**媵予**：即“予媵”之倒装词。**媵予**：即**“予媵”**之倒装词。**媵**：古代诸侯女儿出嫁时随嫁或陪嫁的人。**予**：给予。

（老翁嘻笑独唱，众男女四重笑唱）

　　您老拱手告别向东行，
送您老偕美人儿往河南浦。
　　波浪滔滔啊前来迎亲，
群鱼给您美人儿作陪嫁奴。

山　鬼

题　解

《**山鬼**》是一首窈窕淑女般的女神思念情郎的独吟曲、咏叹歌。字字珠玑连缀，句句妙语联翩。华丽美中蕴涵着凄凉美。是屈子独出心裁所创作的爱情叙事诗——**山鬼**思恋情郎的独角戏。

何谓“**山鬼**”？明·汪瑗《楚辞集解》曰：“《论语》：‘季路问事鬼神，子曰，‘未能事人，焉能事鬼？’盖鬼神可以通称也。”是故“**山鬼**”亦即“山神”——巫山之女神。

（一）

若有人兮山之阿，
pī
被薜荔兮带女萝。
既含睇兮又宜笑，

子慕予兮善窈窕。

（山鬼表演唱，众女曼舞和。下同）

影绰绰像是有人在山腰，
披挂薜荔呦衣带系松萝。
既含情流盼又巧笑宜人，
公子爱慕我呦体态婀娜。

（二）

乘赤豹兮从文狸，
辛夷车兮结桂旗[①]。
被(pī)石兰兮带杜衡，
折芳馨兮遗所思。

①**辛夷**：辛夷正月开花，故又名“望春”、“迎春”。“春”，乃求爱季节。此篇言山间女神求爱，故译“**辛夷车**”为“迎春车”既切义，又含蓄。

乘驾赤豹呀跟随彩纹狸，
迎春木车前结扎桂花旗。
披挂石兰呦杜衡作飘带，
折一串香花赠给我所思爱侣。

（三）

□□□兮□□□，
□□□兮□□□。
余处幽篁兮终不见天，
路险难兮独后来[①]。

①**独后来**：是神女“山鬼”未见情侣到来的猜想：是不是心上人早已到来而我因路途险阻而来迟，心上人等得不耐烦而离开了？此句写出了自尊的痴情女既自辩又自责的微妙心理。

□□□□□□□□□□□，
□□□□□□□□□□□。
我身处幽篁啊终日不见天，
路险难行呀独怪我最后来？

（四）

□□□兮□□□，
□□□兮□□□。
表独立兮山之上[①]，
云容容兮而在下。

①**表**：此处系“表木”之简称。《史记·夏本纪》：“行山表木”。《索引》载，“表木：谓刊木立为表记”，以防迷路。

痴情神女盼情侣未见，像“表杆”一样矗立山巅凝望；头上青天邈邈，脚下云海茫茫，屈子以其艺术匠心，塑造出一尊“望郎石像”。

□□□□□□□□□□□□□，
□□□□□□□□□□□□□。
像表杆我独立在深山之上，
云海溶溶啊而翻腾在山下。

校记：此两小节语出突兀，疑皆失落两句，以方框补之。

（五）

杳(yǎo)冥冥兮羌昼晦，
东风飘兮神灵雨。
留灵修兮憺忘归[①]，
岁既晏兮孰华予！

①**灵修**：原义为神明远见者，喻君王。此处神女**山鬼**是以景仰爱慕的心情尊称其心上人。

昏暗暗忽然白天像傍晚，
东风飘来神灵播洒的雨。
谁留住灵修而心安忘归，

年岁已晚呦谁还光顾予！

（六）

采三秀兮於山间①，
石磊磊兮葛蔓蔓②！
怨公子兮怅忘归，
君思我兮不得闲？

①**三秀**：灵芝草。一年三次开花，故云“三秀”**於**（wū）**山**：即“巫山”。

②**磊磊**：乱石堆积貌。**葛**：藤本蔓生植物。**蔓蔓**：葛藤盘绕貌。

采摘灵芝草啊在巫山间，
山石磊磊呦葛藤蔓蔓！
怨公子忘归来我心惆怅，
难道君思我时却不得闲？

（七）

山中人兮芳杜若，①
饮石泉兮荫松柏(bó)。
我思君兮唯诚信，
君思我兮然疑作。

①**芳杜若**：意谓我这**山中人**像杜若一样芳香，没有忘记我的心上人。

我乃山中人芳香如杜若，
渴饮石泉水遮阴以松柏。
我思君啊唯真心与诚信，
君思我诚信疑心相交作。

校记：此小节辞气不通，疑末句**“君思我兮然疑作”**之上句当有“我思君兮”如何如何的句子，姑且以“我思君兮唯诚信”外加方框填补之。

（八）

雷填填兮雨冥冥，
猿啾啾兮狖(yòu)夜鸣。
风飒飒兮木萧萧，
思公子兮徒离忧！

惊雷隆隆啊冷雨迷濛濛，
长臂猿啾啾长尾猴夜鸣。
秋风飒飒呦树叶萧萧落，
思念公子啊徒陷忧愁中！

国　殇

题　解

为国而战死于战场者谓之**“国殇”**。

楚怀王中后期战事频繁，动辄死伤数万。《史记·楚世家》载：“（怀王）十七年春，与秦战丹阳，秦大败我军，斩甲士八万……”《**国殇**》所描写的就是悼念并赞颂为国捐躯的英勇战士。

《**国殇**》既非神话，亦非祭文，而是屈子绘画的一卷以为国捐躯**“士争先”**为主旨的舍身战斗图；是屈子吟唱的一首**“魂魄毅兮为鬼雄”**的惊天地泣鬼神之浩然正气歌。

（一）

操吴科兮被犀甲[①]，
车错毂(gǔ)兮短兵接。
旌蔽日兮敌若云，

矢交坠兮士争先。

①**吴科**：吴地精工生产的盾。

（男高中低音唱，众男女六重唱。下同）

手持盾牌呀身披犀皮甲，
敌我车轮相交错短刀相交接。
旌旗蔽日啊顽敌若乌云，
箭矢交坠我勇士恐后而争先。

（二）

凌余阵兮躐(liè)余行(háng)，
左骖殪(yì)兮右刃伤。
□□□兮□□□，
□□□兮□□□。

侵犯我阵势啊践踏我队行，
左骖刚倒毙而右骖被砍伤。
□□□□□□□□□□□□，
□□□□□□□□□□□□。

校记：此小节前两句与下两句不叶韵，疑此处失落后两句，故以方框补之。

（三）

埋两轮兮絷（zhí）四马[①]，
援玉枹兮击鸣鼓。
严杀尽兮弃原野，
天时坠兮威灵怒！

①**埋两轮兮絷四马**：是楚军所为，意在表明与秦军决一死战。详见拙著《屈原赋辨译》之“埋两轮絷四马辨”。

埋住两车轮绊住四马腿，
将军持玉槌怒擂催战鼓！
酷战杀光啊尸体弃原野，
天命坠阵亡将士威灵怒！

校记：王逸版本末两句书作“天时坠兮威灵怒，严杀尽兮弃原野”。“野”与“鼓”不叶韵，辞气不通。故当乙正。

（四）

出不入兮往不返，
平原忽兮路超远[①]。
□□□兮□□□，
□□□兮□□□。

①**忽**：形容词，义为“飘渺”、“渺茫”。《荀子·赋》：“忽兮其极之远也。”（渺茫啊其终极遥远呀！）

出不思归而往战不思返，
平原渺茫其出征路遥远。
□□□□□□□□□□□□，
□□□□□□□□□□□□。

校记：此小节与下文（五）**“带长剑兮挟秦弓/首身离兮心不惩”**不叶韵。疑此小节失落下两句；（五）小节失落上两句。是故失落句皆以方框示之。

（五）

□□□兮□□□，
□□□兮□□□。
带长剑兮挟（jiā）秦弓，
首身离兮心不惩！

□□□□□□□□□□□□，
□□□□□□□□□□□□。
首身分离而雄心不戒惧，
犹带长剑啊胳膊夹秦弓！

（六）

诚既勇兮又以武，
终刚强兮不可凌！
身既死兮神以灵，
魂魄毅兮为鬼雄！

诚然既勇而且又尚武，
终生刚强浩气不可凌！
身已死而神勇化英灵，
魂魄刚毅死亦为鬼雄！

礼　魂

题　解

《**礼魂**》之题意众说纷纭，多认为此篇乃前十篇之乱辞。窃谓《**礼魂**》者，专言礼“**国殇**”将士之魂也！当视之为《**国殇**》之“乱辞（尾声）”。

成礼兮会鼓，
传芭兮代舞[①]。
□□□兮□□，
姱(kuā)女倡兮容与。
春兰兮秋菊，
长无绝兮终古！

①**代舞**：更替起舞或轮番起舞。**代**：《说文》：“代，更也。”

祭祀礼成啊会演擂鼓，
传递鲜花而轮番起舞。
□□□□□□□□□□，
美女唱歌呀舒缓悠悠。
春祭供幽兰秋祭祀香菊，
祭祀无绝期啊绵延终古！

校记：此曲王逸《章句》只有五句。闻一多《解诂》录此曲在“**传芭兮代舞**”句之后，画有六个方框，以示失落一句。笔者吟此曲，亦感觉原文“**成礼兮会鼓，传芭兮代舞**”之后，出现“**姱女倡兮容与**”，从辞气音韵上考量，疑“**姱女倡兮容与**”之前，失落一句。姑且以方框补之。

第二卷

天　问

天　问

题　解

何谓“**天问**”?

《**天问**》之“**天**”，当是富有哲理之哲学意义上的大自然天，大自在天。这一合规律的自然自在天，便是蕴含着唯物论的天道、天命、天运、天伦、天理之“天”。从自然自在天然法则上讲，“天”是抽象的；从实践规律上说，“天”是具体的——屈子所诘问的人化了的神话传说，屈子所诘问的夏、商、周的成败兴衰，无不在这合规律的天道、天运、天伦、天理的大自然天、大自在天的“天台”之上，表演着一个个“这一个”又“这一个”真善美、假恶丑等自然自在的“天”之杂剧。故这《**天问**》之“**天**”乃是大道自然、天道永恒、造化变迁之大自然天也。

此《**天问**》之“**问**”，即是屈子围绕古代口头之所传、典籍之所载的故事，举其天文地理、人造神话、朝代兴衰、人性善恶、凶鸟恶兽、奇花怪石等等事例，以其大道自然、天道永恒的朴素唯物论的哲思，以“问”的艺术形式，予以或质疑、或否定、或斥责、或嘲讽，其辞底之意、问外之音，即是辨“天道”之是非，明“天理”之昭著。是故《**天问**》之“**问**”，乃拨乱反正、正本清源之“**问**”也！

《**天问**》之“**问**”的类型，大体为并非严格的五种：其一，质疑之问；其二，反诘之问；其三，斥责之问；其四，警戒之问；其五，嘲讽之问。详见拙著《屈原赋辨译·天问卷》。

（一）

曰遂古之初，
谁传道之？
上下未形，
何由考之[①]？

①**考**：成，形成。《礼·礼运》：“以著其义（标举说明其义意），以考其信（以使之成为确信）。”

试问远古之起初，
会有谁传说其奥秘？
上下还尚未形成，
因何缘由形成天地？

（二）

méng
冥昭瞢暗，
谁能极之？
冯翼惟像，
何以识之？

幽暗昏明混沌无形，
会有谁能观察其究竟？
元气丰盈唯呈大象，
凭借什么识别其形影？

（三）

明明暗暗，
惟时何为①？
cān
阴阳参合②，
何本何化？

①**时**：是。《诗·大雅·生民》："厥初生民，时为姜嫄。"《尔雅·释诂》："时，是也；是，此也。"

②**参**：汉·王逸《楚辞章句》误将**"参"**书写成讲不通的"三"。

明者亮起来暗者黑起来，
是何所为之使昼夜分明？
都说阴阳交合萌生万物，
孰是本源孰使演化生成？

（四）

圜(yuán)则九重，
孰营度之？
惟兹何功，
孰初作之？

说天体形圆标高九重，
会有谁环绕圆天测量过它？
这圆天工程何等恢弘，
会有谁最初开始设计过它？

（五）

斡(wò)维焉系[①]？
天极焉加[②]？
八柱何当？
东南何亏？

①**斡维**：古代人天体观念中旋转斗柄的绳索。

②**天极**：古代人天体观念中的天盖中轴点。

旋转斗柄之绳索拴结何处？
天盖轴心何处安加？
支撑天盖之八柱如何擎天？
东南地面何以坍塌？

（六）

九天之际，
安放安属（zhǔ）？
隅隈（yú wēi）多有，
谁知其数？

九野之天相联衔接处，
如何放置如何联属？
角隅曲折地段多多有，
有谁知其准确之数？

（七）

天何所沓（tà）[①]？
十二焉分[②]？

日月安属（zhǔ）？

列星安陈③？

①**天何所沓**：王逸《章句》曰："天与地合会何所？"**沓**：释作"叠合"为宜。详见注②。

②**十二焉分**：中国古代天文学把所谓天上十二星辰的位置，与中国大地上的州、国所处的位置相对应，就天文而言，称"十二分星"，就地理而言，称十二分野。《周礼·春官·保章氏》："封域皆有分星。"汉·郑玄注曰："星纪，吴越也；玄枵（xiāo），齐也；娵（jū）訾（zī），卫也；降娄，鲁也；大梁，赵也；实沈，晋也；鹑首，秦也；鹑火，周也；鹑尾，楚也；寿星，郑也；大火，宋也；析木，燕也。"由此可知：屈子质问**"天何所沓？十二焉分？"**显然是在以问的方式，否定古代荒谬的天文学说。

③**列星**：定时出现的恒星之星座。《公羊传·庄（七年）》："恒星者何？列星也。"

九天与九地如何能叠合？

十二分野如何划分？

日月运行何以前后跟随？

星座陈列何以安稳？

（八）

出自旸（yáng）谷，

次于蒙汜(sì)[①]，
自明及晦，
所行几里？

①**次**：止，停留。《书·秦誓（中）》：“王次于河朔。”“次”，原义为停宿三天以上为“次”，引申为途中止宿之处。

太阳自旸谷出发，
暮宿于蒙汜之水，
从天明直到黄昏，
所行路程多少里？

（九）

夜光何德，
死则又育？
厥利维何，
而顾菟在腹[①]？

①此小节屈子是以嫦娥奔月及怀抱玉兔的神话，就有关月全食的神话（天狗吞月）提出质疑。

月亮姑娘有何等德行，
死去变黑随即又复生？

想得到的利益是什么，
你是顾念腹中小玉兔？

（一〇）

女岐无合，
夫焉取九子[①]？
伯强何处[②]？
惠气安在？

①**女岐无合，夫焉取九子**：**“女岐”**本是古代天文学中二十八宿（星座）之一的尾宿。《史记·天官书》曰：“尾（宿）为九子。”即因尾宿由九颗星组成，故衍化出“女岐九子”之神话。屈子是对古天文学虚妄质疑。

②**伯强**：古今学者皆无根据地认为“伯强”是神话人物，不妥。此句**“伯强”**与下句**“惠气”**并举，已知**“惠气”**不是神化人物，因此可知，**“伯强”**亦非神话人物。此处**伯强**之**“伯”**，通“霸”。《汉书·项籍传·赞》：“（项）羽出，号为伯（霸）王。”史书常言“五伯”，即“五霸”。显然，屈子是在质问暴风与空气之所以形成的原因；从而可知屈子是以“问”的方式，质问风与空气的形成原因。

女岐未曾婚配，
怎能取得九子？
霸犟狂风怎样起落居处？

和蔼惠气何以保持常在？

（一一）

何阖(hé)而晦？
何开而明？
角宿未旦[①]，
曜灵安藏？

①**角宿**：二十八宿之一。古代认为**“角宿”**是东方星宿。**未旦**：日出曰旦，此处指星光未达旦，亦即星光未隐。

何处天阖而昏暗？
何处天开而明亮？
东方星辰未达旦，
太阳在哪里隐藏？

（一二）

不任汩(gǔ)鸿[①]，
师何以尚之[②]？
佥曰何忧[③]，
何不课而行之[④]？

①**不任**：不堪胜任。**任**：堪，能。**《史记·白起传》**：“是时武安君病，不任行（不能行走）。”**汩**：《说文》曰：“汩，治水也。”**鸿**：通“洪”。《荀子·成相》：“禹有功，抑下鸿。”

②**师**：此处义为“众”。《左传·哀（五年）》：“师乎师乎。”《注》：“师，众也。**尚**：通“上”，此处引申为“举”，举荐。

③**佥曰**：众说。白居易《除裴垍（jì）中书侍郎同平章事制》：“宜登中枢，以副佥望（以副众望）。”

④**课**：考核。此处指面试。《管子·明法》：“故明主之治也，明分职而课（考核）功劳。”**行**：通“用”。

帝尧说鲧不能胜任治鸿水，
众臣何以共同推荐他？
大家说尧帝何须担忧，
何不面试再决定是否用他？

（一三）

鸱龟曳衔，
鲧何听焉①？
顺欲成功②，
帝何刑焉③？

①**鲧何听焉**：屈子是站在鸱龟协同筑堤的立场上发问，意在否定反对鸱龟筑堤者的责难。

②**顺欲成功**：**即川谷成功**。古今学者多按“顺欲”注解，唯

姜亮夫 1957 年出版的《屈原赋校注》说："顺欲疑为'川谷'二字之形衍；下文云：'川谷何洿'，亦用'川谷'二字。"黄灵庚 2011 年出版的《楚辞与简帛文献》引出土楚简注："顺欲当作'川谷'，楚简凡言顺者皆作川，欲字皆作谷。"

③**刑**：从下文言鲧**"永遏在羽"**可知，此**"刑"**指"弛刑"，即不戴枷锁而服劳的弛刑。

鸱龟筑堤曳石衔土，
伯鲧因何听从而任用？
川谷堤坝拦洪成功，
帝尧为何惩鲧以弛刑？

（一四）

永遏在羽山[①]，
夫何三年不施[②]？
伯禹腹鲧，
夫何以变化？

①**遏**：阻遏。《列子·汤问》："声振林木，响遏行云。"

②**夫**：发语词。**三**：多年，长年。《诗·魏风·硕鼠》："三岁贯汝"（长年养活你）。**不施**：不用，不起用。《淮南子·原道训》："夫道者，覆天载地……施（用）之无穷，而无所朝夕。"即"关于道，铺天盖地，用之无穷无尽，无所谓朝夕时空"。

长久阻遏鲧在荒羽山，
为何多年来不起用他？
伯禹在鲧怀抱中长大，
治水何以会有大变化？

（一五）

纂就前绪①，
遂成考功②。
何续初继业，
而厥谋不同③？

①**纂**：继承。《礼・祭统》：“子孙纂之，至今不废。”**前绪**：前人的事业。《三国志・蒋济传》：“陛下方当恢崇前绪”。

②**遂**：终于。《韩非子・说林》：“乃掘井，遂得水。”**考**：先父。父死曰考。

③**何续初继业，而厥谋不同?** 屈子以诘问的形式，否定“鲧堙障，禹疏导”崇禹贬鲧以维护帝尧的迂腐传说。

禹继承鲧先前治水业绩，
于是完成先父伟绩丰功。
禹何以继续鲧治水功业，
而所用谋略会与鲧不同？

（一六）

洪泉极深，
何以填之？
地方九则，
何以坟（fèn）之？

洪水如渊泉极深，
用什么办法能填平它？
方域之九州极广，
用什么办法能升高它？

（一七）

应龙何画？
河海何历？

应龙摇尾如何能画成河？
画河入海谁知历经何所？

按：其一，闻一多《天问疏证》说：“此处‘历’字不入韵，疑此文上或下尚有二句，传说脱之。”其二，汉·王逸版本书作**“河海应龙，何盡何历？”**不妥。宋·洪兴祖、朱熹皆引一本作**“应龙何

畫？河海何历？”当从之。屈子书此二问，系皆以笑问表否定。

（一八）

鲧何所营？
禹何所成？
康回冯(píng)怒①，
地何以东南倾？

①**康回**：汤秉正、李大明等《楚辞今注》说：“康回，（义为）奸邪，此指共工。”《诅楚文》谓楚怀王：“康回无道，淫佚甚乱’……屈赋于此以德行代人名。”言之有理。

哪些工程是鲧所经营？
哪些工程是禹所完成？
共工暴怒触撞不周山，
大地何以斜向东南倾？

（一九）

九州安错？
川谷何洿(wū)？
东流不溢，
孰知其故？

九州如何错落分布？
川谷何以洼成川谷？
江河东流入海不溢，
谁知这是因何缘故？

（二〇）

东西南北，
其修孰多？
南北顺椭，
其衍几何？

大地东西与南北，
其长哪边更修长？
南北顺直呈椭圆形状，
其宽宽出多少亿平方？

（二一）

昆仑县(xuán)圃，
其尻(tuǐ)安在①？
增(céng)城九重，
其高几里？

①**屍**：古籀（zhòu）文书作“亓。《说文解字》注曰：“亓，髀（bì）也。”“髀”者，腿也。《礼·深衣》：“带，下勿压髀（衣带，下垂勿压腿）。”详见拙著《屈原赋辨译·天问卷》。

昆仑空中悬花圃，
支撑之腿立何处？
天帝增城九重高，
它有几里之高度？

（二二）

四方之门，
其谁从焉？
西北辟启，
何气通焉①？

①**何气通焉**：诸多学者注释**“气”**为“不周风”，错。屈子此处不言“风”而言“气”，窃谓屈子之所以独问**“何气通焉”**之**“气”**，辞底之意，当是流通着不顾人间冷暖、世事兴衰的凛冽、阴森、肃杀之**“气”**。此乃屈子以“问”的艺术形式，流露着对天帝的质疑。

昆仑四方通天之门，
谁从那里出来进去？
西北大门豁然敞开，
此门流通什么气息？

（二三）

日安不到，
烛龙何照？
羲和之未扬，
若华何光？

太阳何处照射不到，
何须烛龙眼光照耀？
驾日羲和长鞭未扬，
若木之花何以放光？

（二四）

何所冬暖？
何所夏寒？
焉有石林？
何兽能言？

什么原因之所以冬季暖？
什么原因之所以夏季寒？
哪里有顽石长成林？
什么野兽能讲人言？

（二五）

qiú
焉有虬龙，
负熊以游？

怎么会有独角龙，
背负胖熊而漫游？

按：此处两句与下文不叶韵，疑有脱漏。

（二六）

huǐ
雄虺九首，
倏忽焉在？
何所不死？
长人何守？

雄性毒蛇九颗头，
倏忽逝去在何处？
何方庶民会不死？
长人守卫是何处？

按：此小节亦不叶韵，姑且放一起译出，叶韵。

（二七）

靡萍九衢，
xǐ
枲华安居？
巴蛇吞象，
厥大何如？

靡萍蔓衍交错九条杈，
共生的枲华何处安居？
传说巴蛇能吞食大象，
那巴蛇该有多大身躯？

（二八）

黑水、玄阯，
三危安在？
延年不死，
寿何所止？

那神秘的黑水玄阯三危，
此三地坐落在哪里？
传说那里的人延年不死，
寿命何时得以停息？

（二九）

鲮鱼焉居①？
鬿(qí)堆焉处②？
羿焉彃(bì)日？
乌焉解羽？

①**鲮鱼**：神话中吞舟之鱼。
②**鬿堆**：神话中食人之鸟。

鲮鱼在哪里安居？
鬿堆在哪里栖息？
后羿在何处弯弓射日？
金乌在何处坠地解羽？

（三十）

禹之力献功①，
降(hóng)省下土方②。
焉得彼涂山女，
而通之于台桑？

①**禹之力**：禹用力。闻一多《天问疏证》说：“之犹用也。”

《庄子·天运篇》:“禹用力而汤用兵。之力犹用力也。”

②**降省下土方**:大范围巡视大地之四方。此处之**降**,大也。《书·大禹谟》:“帝曰:‘来禹,降(大)水儆予’。”**省**:察看,巡察。《易·观》:“先王以省方(巡察国土四方)观民设教。”

禹用全力治水奉献圣功,
大范围巡察大地之四方。
怎么得到那涂山之少女,
而与她通淫于旷野台桑?

(三一)

闵妃匹合,
厥身是继?
胡维嗜不同味,
而快朝饥?

可怜涂山女与禹匹配交合,
禹真是为身后有子孙继嗣?
为什么嗜好与涂山女不同,
而只图痛快一朝性欲之饥?

(三二)

启代益作后[①],

卒(cù)然离蠥(niè)[②]，
何启惟忧[③]，
而能拘是达[④]？

①**启代益作后**：即“启预谋代益作君主”。**启**：夏禹之子。**益**：又称“伯益”。助禹治水的贤臣，掌管后勤。禹传王位给益之后，称“后益”。**后**：君主。

②**卒然**：**“卒”**通“猝”。突然。**离**：通“罹”。**蠥**：通“孽”。

③**惟忧**：**“惟”**乃“罹”之简化。

④**达**：通“侇”。《方言》、《广韵》注曰：“‘侇’，他达切，逃也。”

启预谋代益作君主，
突然遭遇拘禁之祸，
为什么启遭灾罹忧，
而能从拘禁中逃脱？

按：此小节背景为，禹名义上学尧舜不传子嗣，而禅让贤士，实则因自己的亲信皆在启手里，盼启自取王位（详见拙著《屈原赋辨译·天问卷》。

此小节所言，即是益发现启欲夺其王位，将启拘押，启之亲信放出启。结局是益被“启杀之”。屈子从而以“问”的艺术形式斥责持“道统”观念的孟子所赞“启贤”之谬论。屈子此处责问夏禹，是以其哲人“两点论”的哲思责问的。

（三三）

shè jū
皆归躲鞫[①]，
而无害厥躬。
何后益作革？
hóng
而禹播降？

①**皆归躲鞫**：即言大禹、伯益皆属于有才能之人。**躲鞫**：躲，射之本字；鞫，一作鞠。即“蹴鞠”，今日足球之源，古代军中习武项目之一种，以射箭、蹴鞠选拔人才。

禹益皆归属有才能之人，
彼此协作而无伤其身心。
为什么后益被革除王位？
而禹的后代却繁衍勃兴？

（三四）

启棘宾帝[①]，
《九辨》《九歌》。
何勤子屠母[②]，
而死分竟地？

①**棘**：通“急”。《诗·小雅·采薇》：“猃狁孔棘（俨狁进犯甚急）。”**宾**：通“傧”，陈列。《诗·小雅·棠棣》：“傧尔笾豆”（陈列你设宴的食具）。

②**屠母**：古神话启母化为石，石破而启生。

夏启称后急忙敬帝陈列宫商，
舞起《九韶》又演奏起《九歌》。
为何殷勤敬帝之子出生裂母，
而将母亲尸骨裂解委地？

（三五）

帝降夷羿，
革孽夏民。
胡射夫河伯，
而妻彼雒（luò）嫔（pín）？

天帝降下东夷后羿，
革除夏民灾难之根。
为什么却去射河伯，
而娶河伯之妻雒嫔？

（三六）

冯（píng）珧（yáo）利决，

封豨是射。
何献蒸肉之膏，
而后帝不若？

搭箭钩弦引满精弓，
瞄准大猪而发射。
为何奉献清蒸猪肉，
而上帝却不接受？

(三七)

浞(zhuó)娶纯狐，
眩妻爰(yuán)谋。
何羿之射革，
而交吞揆之？

羿相寒浞欲娶羿妻纯狐，
于是蛊惑纯狐与之共谋。
为何羿有射穿革甲之力，
而被里应外合杀而烹之？

(三八)

阻穷西征，
岩何越焉？

化为黄熊，
巫何活焉？

鲧困厄羽山决心要西征，
昆仑山峻峭何以越险峰？
天帝又将鲧变化为黄熊，
巫何能使之活化成人形？

（三九）

咸播秬(jù)黍，
莞(guǎn)蒲是营。
何由并投①？
而鲧疾修盈？

①**何由并投**：此处背景神话当是不服从帝尧控制的所谓“四罪”人。《尚书·尧典》云：“流共工于幽州，放驩兜于崇山，窜三苗于三危，殛鲧于羽山，四罪而天下咸服。”此小节是屈子站在鲧立场，以责问的形式指责“帝”不辨是非。

鲧教先民都学会种植黑黍，
经营蒲苇织篓编席增本领。
凭何缘由将鲧与罪人一并放逐？
而难道鲧的过失属于恶贯满盈？

（四〇）

白蜺婴茀(fú)，
胡为此堂(cháng)①？
安得夫良药，
而不能固臧？

①堂：通“裳”。《诗·小雅·裳裳者华》：“裳裳者华，其叶湑（xǔ）兮。”《疏》：“言被堂堂然光明者华也。”古汉语“堂”、“裳”互通。

身罩白蜺颈系贝壳项链，
嫦娥何故穿着此类霓裳？
后羿于何处获得不死药，
而怎么不能够牢固珍藏？

（四一）

天式纵横，
阳离爰死。
大鸟何鸣(hóng)①，
夫焉丧厥体？

①**大鸟何鸣**：姜亮夫《屈原赋校注》说："大鸟何鸣者，大鸟即日乌，羿射十日事……鸣当为鸿之误也。《说文》：'鸿本作难（hóng），鸟肥大难难然也'……此实为赞语……夫大乌之鸟，何其难肥！是阳盛之时，夫何能丧其体哉？言羿何能以一人之力射其九日？疑天道不如是也。"

天道法则是阴阳一纵一横，
阳气脱离生物便立即死去。
金乌阳气旺盛其何等敦实，
它哪能够轻易地丧失其体？

（四二）

蓱号起雨，
何以兴之？
xùn
巽体协胁[1]，
鹿何膺之？

①**巽体**：柔顺、柔弱的身体。汉代以来的版本皆书作"撰体"。游国恩《天问纂义》说："撰盖通作巽。巽，顺也。凡从巽之字，皆有柔懦软弱之义……"**巽**：八卦之一，形为☴，象征风。

雨师蓱号能令雨兴起，
zhī
只身何以使阴风凝集？

风伯鹿身软肋条柔弱，
他何以承担耕云播雨？

（四三）

鳌戴山抃（biàn）[①]，
何以安之？
释舟陵行，
何以迁之？

①**抃**：鼓掌，表示欢喜。**抃舞**：边鼓掌边舞蹈。

鳌戴神山舞蹈鼓掌，
山与众神怎能相安？
神放鳌舟行于陆地，
鳌舟离水怎能迁山？

按：屈子以“问”的形式嘲笑诸神在灾难面前无能为力，只好盲目搬家。否定“天神”，明矣！

（四四）

唯浇（ào）在户，
何求于嫂[①]？
何少康逐犬，

而颠陨厥首？

①**何求于狻**：汉·王逸《章句》版本为："何求于嫂。"历代学者从之，皆不妥。浇是浞之长子，何"嫂"之有？唯当代姜亮夫《重订屈原赋校注》指出：此言浇家居在室，何能以狻狩田猎之事。

过浇在家里足未出户，
何言去追求春日狻狩？
哪里是少康嗾使猎犬，
而犬能咬掉过浇之头？

（四五）

女艾缝裳，
而馆同爰止。
何颠易厥首。
而亲以逢殆？

女艾借口为过浇缝裳，
为杀过浇乃与之同床。
为何过浇已身首异处，
而女艾自身却遭灾殃？

按：此小节是屈子对少康亲信女艾受少康支使杀浇后，又被少康所杀的诘问。意含对少康之为人的遣责，质疑卫道者赞美帝王少康“能布其德”之虚伪说词。

（四六）

浇谋易旅[①]，
何以厚之？
覆舟斟寻，
何道取之？

①**旅**：铠甲。《释名·释兵》：“上旅为衣，下旅为裳。”

过浇谋划修治铠甲，
如何使铠甲增其厚？
颠覆斟寻国之战船，
以何门道颠覆其舟？

（四七）

桀代蒙山，
何所得焉？
妹嬉何肆[①]，
汤何殛焉？

①**肆**：闻一多《注》：“肆犹罪也。”成汤灭夏朝，妺嬉做间谍有功，反被成汤所杀。在屈子看来，这与上文少康灭过浇又杀为他效力之女艾，是同样不仁不义。屈子之“问”，是愤怒的斥问。详见拙著《屈原赋辨译·天问卷》。

夏桀征代蒙山国，
他从那里得到什么？
妺嬉有什么罪过，
成汤为何将她诛杀？

（四八）

舜闵在家，
夫何以鳏（guān）？
尧不姚告，
二女何亲？

舜妻原本就在舜家里，
为什么硬说他守单身？
尧嫁女不告舜母姚氏，
二女何以能与舜成亲？

（四九）

厥萌在初，

何所亿焉[①]？
璜台十成[②]，
谁所极焉？

①**亿**：预料。《论语·宪问》："不亿不信。"

②**十成**：十层。《尔雅》云："成，犹重（层）也。"

事物萌芽之时，
如何预料是吉是凶？
瑶台高达十层，
谁能想到终极台崩？

按：此小节无特定主语。所问大抵是论说一种普遍现象：某些人为人处世，只图眼前利益，不计后果吉凶。暗示夏桀、商纣等诸多昏君肆意妄为，不顾后果。

（五〇）

登立为帝，
孰道尚之？
女娲有体，
孰制匠之？

女娲登上王位称天帝，

其帝是谁导引抬举的？
女娲造人自己也有体，
其体是谁设计制造的？

（五一）

舜服厥弟[①]，
终然为害。
何肆犬体[②]，
而厥身不危败[③]？

①**弟**：舜的同父异母之弟，名“象”。

②③**何肆犬体，而厥身不危败**：《尚书》《孟子》《史记》皆言舜父顽劣，继母愚昧，弟象歹毒。父、象让舜修廪（lǐn），而“焚廪”；让舜挖井，而“实（填）井”。舜称帝之后，又封弟象为“有鼻”国之侯。

屈子之“问”的辞底之意是：对无原则之“孝悌”表示非议；对舜给恶弟封侯表示轻蔑；对“天道不公”抒发愤怒之情。

舜唯唯诺诺顺服其象弟，
象始终对舜横行迫害。
为何放肆其恶狗之本性，
而其自身却不危不败？

（五二）

吴获迄古[①]，
南岳是止。
孰期夫斯，
得两男子？

①**吴**：古国名，时称句（gōu）吴。《史记·吴太伯世家》说：周朝始祖太王古公亶父有三子，长子太伯、次子仲雍、少子季历。太王认定“季历贤，而有圣子昌，太王欲立季历以及昌（按：昌，即后世周文王姬昌），于是太伯、仲雍二人乃奔荆蛮……自号勾吴。荆蛮义之，从而归之千余家，立为吴太伯。”所谓**“吴获迄古”**，《史记》曰：“自太伯作吴……太凡从太伯至寿梦十世。”《索引》曰：“寿梦是仲雍十九代孙也。”

勾吴立国得以绵延悠久，
因太伯仲雍南岳拓荒土。
谁料想这荆蛮荒野之地，
竟得到两位开国大丈夫？

（五三）

缘鹄（hú）饰玉，
后帝是飨（xiǎng）。

何承谋夏桀，
终以灭丧？

伊尹用天鹅图镶玉之鹄鼎，
烹调美味佳肴请后帝是飨。
为何伊尹主动承谋于夏桀，
而夏桀王朝终以灭亡收场？

（五四）

帝乃降观，
下逢伊挚①。
何条放致罚②，
而黎民大说(yuè)？

①**伊挚**：伊尹名“挚”。佐汤伐桀，被尊为阿衡（宰相）。

②**条放**：远放。闻一多《天问疏证》：“条，远也。”《礼记·乐记》‘感条畅之气’疏：‘条，远也。’”

帝汤于是降临民间察民情，
在下层恰巧逢贤人伊尹。
为何帝汤将夏桀罚放远方，
而黎民群众却皆大欢喜？

（五五）

简狄在台，
　喾(kù)何宜①？
玄鸟致贻(yí)，
　女何嘉？

①**喾**：传说中古帝名，号高辛氏，商代人以帝喾为高祖。

简狄高居在九重瑶台，
帝喾何以能产生爱意？
他派燕子赠求婚聘礼，
简狄何以视喾为嘉婿？

（五六）

该秉季德，
厥父是臧。
胡终弊于有扈，
牧夫牛羊？

说王亥秉承父亲之德，
以其父亲言行为榜样。

驯野牛服役兼牧牛羊，
为何最终在有易命丧？

按：第三、四两句为叶韵而形成的倒装句。

（五七）

干协时舞[①]，
何以怀之？
平胁曼肤，
何以肥之？

①**干协**：即“朱干”（红盾）“玉戚”（玉斧）。**时舞**：**“时”**通“是”，宾语**“干协”**提前，强调**“干协”**。

王亥显能狂舞红盾玉斧，
何以能使有易女怀念之？
平滑的肋骨柔曼的肌肤，
何以吸引有益女匹配之？

（五八）

有易牧竖，
云何而逢？
击床先出，

其命何从[①]？

①**其命何从**：从下文第61小节所言**“亥弟并淫，危害其兄”**之辞考量，是亥之弟恒为得到亥所驯化的朴牛而害其兄（亥）所设的圈套——密告有易君绵臣，条件是绵臣命令杀手只杀亥。是屈子质问：“对先出者弟恒不予追杀，是遵从谁的命令？”此问意在揭露亥弟恒是个恶毒的阴谋家，否定殷先祖亥、恒**“秉季德”**。

为有易君放羊的牧童，
说什么遇亥与绵臣妻私通？
杀王亥之时恒先走出，
放过亥弟是遵从何人命令？

（五九）

恒秉季德，
焉得夫朴牛？
何往营班禄，
不但还来？

说王恒秉承父亲之德，
如何得到了亥的朴牛？
何以去有易谋求爵禄，
却一去久久不得归来？

按： 上文言王恒谋杀了兄长王亥，去有易求取亥的朴牛，却被有易国王所杀。屈子以“问”的形式否定儒家所言殷祖先之“德”。

（六〇）

昏微遵迹，
有易不宁。
何繁鸟萃棘[①]，
负子肆情[②]？

①**何繁鸟萃棘**：屈子是以**“繁鸟萃集”**喻战争。内证：《**天问**》第65小节言**“苍鹰群飞，谁使萃之”**，喻武王伐纣。外证：《诗·大雅·大明》：“维师尚父，时为鹰扬……肆伐大商。”亦喻武王伐纣。

②**负子**：诸侯有病的称呼。《礼·曲礼（下）》：“某有负薪之忧。”《疏》引《白虎通·杂录》：“天子病曰不预……诸侯病曰负子”。

昏微遵循着父恒卑鄙行径，
有易之国内则不得安宁。
为何借河伯兵卒发动战争，
带疾昏微肆情屠戮生灵？

（六一）

眩弟并淫，

危害厥兄。
何变化以作诈，
而后嗣逢长？

亥与弟恒共同奸淫有易女，
原是王恒策划谋害其兄。
为何变化人性以实施欺诈，
而子子孙孙却世代长兴？

（六二）

成汤东巡[①]，
有莘(shēn)爰极。
何乞彼小臣，
而吉妃(pèi)是得？

①**成汤**：商朝开国之君，传十七代。

成汤去中原东部巡游，
行至有莘国乃停车队。
为何求有莘小臣伊尹，
而又获得吉祥的婚配？

（六三）

水滨之木，
得彼小子①。
夫何恶之，
媵（yìng）有莘之妇？

①**水滨之木，得彼小子**：《吕氏春秋·本味》载："有莘氏女子采桑，得婴儿空桑之中，献之其君。其君令烰（fú）人（厨师）养之，察其所以然。"

伊水边桑树洞里婴儿啼哭，
采桑女抱回家交厨师养护。
何以说有莘国君厌恶伊尹，
送给有莘之女当作陪嫁奴？

（六四）

汤出重（chóng）泉，
夫何罪尤？
不胜心伐帝，
夫谁使挑之？

汤被桀囚禁重泉而后放出，
以何罪名囚汤又放出？
汤不堪忍受辖制决心伐桀，
哪里是有谁唆使之故？

按： 夏桀是无道昏君，汤决心兴兵伐桀是除暴安良。《尚书·汤誓》即言："夏氏（桀）有罪……不敢不正（征伐），今朕必往。"屈子之问，是对盲目尊君的迂夫子发出的质问。

（六五）

会朝（cháo）争盟，
何践吾期？
苍鸟群飞，
谁使萃之？

会合相见八百诸侯争相盟誓，
姬发有约为何要说何践吾期？
试问军旅像那苍鸟鸣叫群飞，
是谁使诸侯于孟津聚在一起？

（六六）

列击纣躬，
叔旦不嘉。

何亲揆(kuí)发，
定周之命以咨嗟？

武王暴怒将纣王尸体裂解，
周公叔旦脸色阴沉不赞许。
为何亲自辅佐武王的叔旦，
已奠定周朝基业而又叹息？

（六七）

授殷天下，
其位安施？
及成反亡[①]，
其罪伊何？

①**及成反亡**：王逸《章句》书作**“反成乃亡”**。刘师培《楚辞考异》注曰：“按据注似当作及成反亡。”此说合理，当从之。

天帝把天下授与殷王朝，
凭何准则施与其天下大位？
殷王朝成立反而又灭亡，
其灭亡之罪该是谁来担当？

按：屈子之“问”，是在反对“皇权天授”之说。

（六八）

争遣戎器，
何以行之？
并驱击翼，
何以将之？

传说武王兵卒争相挥刀舞戟，
纣兵偃旗倒戈何以行使戎器？
传说武王兵车并驱夹击两翼，
纣军不战自溃何言指挥夹击？

（六九）

昭后成游①，
南土爰底(zhǐ)。
厥利惟何，
逢彼白雉？

①**成游**：盛大的巡游。《释名·释言语》：“成，盛也。”古代“成”、“盛”可通假。《吕氏春秋·先已》：“松柏成（茂盛）而涂人（路途上的人）已荫矣！”

昭王巡狩兵马逶逶迤迤，
渡汉江船桥断裂于是淹死。
其吉利是什么样的吉利，
可曾遇见那吉祥的白野鸡？

（七〇）

穆王巧梅，
夫何为周流？
环理天下，
夫何索求？

周穆王患雀盲眼，
为何还要到处周游？
环游天下诸侯地，
夫游来荡去何索求？

（七一）

妖夫曳衒[①]，
何号于市？
周幽谁诛，
焉得夫褒姒[②]？

①**妖夫曳衒**：《史记·周本纪》载，“宣王之时童谣曰：‘檿（yǎn）弧箕服，实亡周国’。”按：“檿弧”，即山桑木所制之弓；“箕服（通箙）”，箭袋。**“妖夫”**：此称呼是编造故事者因与乡下夫妇卖桑弓、箭袋正好与童谣相符，便说此夫妇是**“妖”**。屈子引而用之。

②**焉得夫褒姒**：即“是因为得到了褒姒?”屈子辞底之意“非也”。是幽王“自作孽不可逭（huàn，逃脱）!”**焉**：承**“周幽谁诛”**，是故当训**“焉”**为“是”。《左传·隐公六年》：“我周之东迁，晋、郑焉依。”《注》：“焉，是。”《国语》作“晋、郑是依”。**褒姒**：周幽王的宠妃。

说妖夫妖妇卖桑弓箭袋，
为何高呼叫卖在集市?
周幽王究竟是被谁诛杀?
是因为得到美女褒姒?

（七二）

天命反侧，
何佑何罚?
齐桓九会，
卒然身杀。

上天授命反复无常没准则，
究竟是谁该保佑谁该惩罚?

齐桓九会诸侯欲一统天下，
最后却被囚禁而遭遇谋杀。

（七三）

彼王纣之躬，
孰使乱惑？
何恶(wù)辅弼，
谗谄是服？

那殷纣王作为君主之身，
谁能使他惑乱失去人性？
为何憎恶辅佐他的贤臣，
唯进谗言谄媚之徒是用？

（七四）

比干何逆，
而抑沈(tǎn)之①？
雷(lěi)革何顺，
而赐封之？

①**抑沈**：贬退施以沈刑（剁成肉渣）。王逸《章句》书作“抑沈”，讲不通。**沈**：是**沈**（tǎn）的笔误。**“沈”**又是“醓”（tǎn）

的简化。《说文》："肬，肉渣滓。"

比干直言强谏有何叛逆，
而将贤臣贬退施以肬刑？
耒革假意逢迎有何顺从，
而给奸佞封爵赐金赠绫？

（七五）

何圣人一德，
卒异其方？
梅(měi)伯受醢(hǎi)，
箕子佯狂？

为何圣人具有同样品德，
其行藏方术终究不一样？
梅伯强劝谏被剁成肉酱，
箕子不忍罢谏佯装疯狂？

（七六）

稷维元子[①]，
帝何竺(dú)之[②]？
投之于冰上，

鸟何燠(yù)之？

①**稷**：后稷，一名弃。传说周人始祖。

②**竺**：通“毒”。清·蒋骥《山带阁注楚辞》曰：“古竺、笃、毒三字通用，西域天竺亦曰天毒。”

后稷乃是帝喾(kù)之长子，

帝喾为何恼怒而憎恶之？

将初生后稷弃于冰上，

群鸟为何用羽翼温暖之？

（七七）

何冯(píng)弓挟(xié)矢，

殊能将(jiāng)之？

既惊帝切激，

何逢长之？

弃儿稍长就能满弓射箭，

这特殊能力帝为何培养？

既然后稷出生惊帝抛弃，

何以令其子孙帝位绵长？

（七八）

伯昌号衰，
秉鞭作牧。
何令彻彼岐社，
命有殷国？

伯昌谢落王之称号权作牧长，
忍心执鞭作牧政以逢迎纣王。
帝何以令古公开拓岐山宗社，
命西伯姬昌子孙们拥有殷邦？

（七九）

迁藏就岐[①]，
何能依？
殷有惑妇，
何所讥？

①**迁藏就岐**：此小节是对（周文王）姬昌祖父古公亶（dǎn）父从陕西贫瘠的北部高原豳（bīn）国，迁往南部沃土渭河平原岐山之阳，未建宗庙先迁国的质问。

古公迁移神主石函趋岐，
宗庙尚未建何能行衣祭？
殷纣王身边有惑妇，
古公何曾进谏非议？

（八〇）

受赐兹醢（hǎi）[1]，
西伯上告[2]。
何亲就上帝，
罚殷之命以不救[3]？

①**受赐兹醢**：《帝王世纪》曰："文王之长子曰伯邑考，质于殷……纣烹为羹，赐文王曰：'圣人当不食其子羹。'文王食之。纣曰：'谁谓西伯圣者，尚不知（智）也！'"**受**：纣王名受，号帝辛，因其残暴，天下人谓之"纣"。**兹**：通"子"，指（周文王）姬昌的儿子伯邑考。**醢**：肉酱或肉羹。

②**西伯上告**：西伯姬昌上告纣王表忠心。《吕氏春秋·恃君览·行论》曰："纣恐其叛，欲杀文王而灭周。文王曰：'父虽无道，子敢不事父乎？君不惠，臣敢不事君乎？孰王而可叛也？'纣乃赦之。"

③**何亲就上帝，罚殷之命以不救**：此两承**"受赐兹醢，西伯上告"**。屈子首先诘问：你西伯既然喝了纣赐的用烹你儿子做的肉羹以示忠于纣，为什么暗地里亲求天帝令殷服周，眼见上帝罚殷

毙命而不救？屈子辞底之意是揭示西伯对纣背后藏刀，当面卑躬屈膝的人性。王逸版本书作：“何亲就上帝罚，殷之命以不救?”错。

纣赐西伯吃烹伯邑考肉羹，
西伯食之上告纣效忠永久。
为何亲求上帝令殷臣服周，
上帝罚殷毙命而不言求救？

（八一）

师望在肆[①]，
昌何识？
鼓刀扬声，
后何喜？

①**师望**：周初人。姓姜，名尚。一说姬昌出猎，于渭水见钓鱼者姜尚，交谈甚欢，说：“吾太公望子久矣!”因号为“太公望”，立为师。武王继位尊为“师尚父”。一说姬昌与姜尚初次见面在商都朝歌集市上。此处屈子采用后一说法。

师望在朝歌肉铺宰牛，
姬昌何以知其有大计？
挥舞着屠刀叫卖杀气扬声，
姬昌何以闻声而欢喜？

（八二）

武发杀殷，
何所悒（yì）？
载尸集战，
何所急？

周武王屠杀殷商，
为何那么怒不可抑？
载父亲灵柩会战，
为何那么迫切心急？

按：此小节辞底之意是——你姬发为了急于夺取王位，竟然父死不葬，以车载亡父之灵柩作为屠杀殷国的号令，其何孝之有？人性何在？

（八三）

伯林雉经[①]，
维其何故？
何撼天抑地，
夫谁畏惧？

①**雉经**：一说野鸡性暴躁，被捉之时，自折其颈而死。此处言纣王**“雉经”**，指纣王上吊自缢。

纣奔向柏林结绳自缢，
自恃天佑为王其何故自毙？
何怨天跺地暴躁不已，
是畏惧武王还是畏惧奴隶？

（八四）

皇天集命，
惟何戒之？
受礼天下[①]，
又使至代之[②]？

①**受**：商代最末的君主。帝乙之子，名受，号帝辛，史称纣王。

②**至**：“周”之借字。《仪礼·既夕礼》：“轩輖中。”《注》“犹轩轾中。”

皇天集称王之命赋与商纣，
为何不予以警而诫之？
商纣既得到礼遇执掌天下，
为何使周人取而代之？

（八五）

初汤臣挚，
后兹承辅。
何卒官汤，
尊食宗绪。

当初成汤的小臣伊尹，
后来却承担商汤宰辅。
何以至死臣服于商汤王朝，
被尊为配享殷商宗庙之主？

（八六）

勋阖梦生（xìng）①，
少离散（sàn）亡。
何壮武厉，
能流厥庄？

①**梦生**：指吴王阖庐是寿梦的嫡孙，即吴·仲雍十九代孙。清·戴震《屈原赋注》曰：“古人言‘子孙’曰‘子姓’。《诗（周南·麟之趾)》‘公姓’即‘公孙’。生，当读（作）姓。”

奠定霸业的阖庐乃寿梦之孙，
少年遭父王死丧失继位称王。
为什么到壮年却穷兵黩武，
能使阖庐屡征杀伐流传四方？

（八七）

彭铿斟雉，
帝何飨？
受寿永多，
夫何长？

彭铿调制的野鸡羹，
帝尧为何喜欢独享？
获得寿命近八百岁，
如何能活得这么长？

（八八）

蜂蚁微命，
力何固？
中央共牧，
后何怒？

黎民百姓如蜂蚁身微命薄，
反叛力量何以顽强而坚固？
共伯和与诸侯共治西周国，
为何谣传厉王阴魂在发怒？

按：汉·王逸《章句》版本载“中央共牧，后何怒”为首句，游国恩、闻一多皆言“二句当乙转。”言之有理，故从之。此小节所言背景复杂，读者若有意探索，请看拙著《屈原赋辨译·天问卷》。

（八九）

女惊采薇[①]，
鹿何祐？
北至回水，
萃何喜[②]？

①**女惊采薇：王逸《章句》书作“惊女采薇”**，不妥。当乙正为**“女惊采薇”**——即村姑得知伯夷、叔齐不食周粟，说这“薇”也是“周薇”。此言**“惊”**呆了伯夷、叔齐而不再食薇，从而引出下文**“鹿何佑**？”合情合理。

②**萃**：此处义为“栖息”、“停留”。《诗·陈风·墓门》：“墓门有梅，有鸮萃止。”饎：从伯夷、叔齐“食”与“不食”的事理上考量，**“喜”**是**“饎”**之古字。《尔雅·释训》：“饎，酒食也。”《尔雅集解》：“舍人注：‘喜古曰饎。’李注：‘得酒食则喜欢也’。”“酒食”，可引申为“酒肉”。

村姑言周粟惊呆夷齐采薇，
不食周粟白鹿何以护佑？
踉踉跄跄北到回水首阳山，
栖身之处何有周外酒肉？

（九〇）

兄有噬(shì)犬，
弟何欲？
易之以百两，
卒无禄？

秦景公有只咬人凶狗，
其弟针想要狗欲何求？
换只狗竟然用百辆车，
结果怎么又失去爵禄？

校记：汉·王逸《楚辞章句·天问》结尾的五个小节，一是文气不通，二是有三个小节不叶韵，明存在错简问题。郭沫若、游国恩、汤炳正、郭世谦等等多位先生暨苏学霖女士皆予以调整，窃以为都尚未贴近屈子的创作思路（详见拙著《屈原赋辨译·天问卷》）。今按我调整的次序书之。

（九一）

吴光争国，
久余是胜。
何环闾穿社，
以及丘陵[①]？

①**丘陵**：特指楚王陵墓所在地。《史记·楚世家》载：楚平王熊居，强娶了本属于太子建的妻子。奸臣费无忌造谣说太子将起兵谋反，平王“欲诛之”。伍子胥的父亲伍奢，说了些劝说平王的话。平王在费无忌挑唆下，杀了伍子胥的父亲及其兄长伍尚。伍子胥奔吴，吴光（阖庐）委以重任。《史记·伍子胥列传》说“伍子胥乃掘平王墓，出其尸，鞭三百。”

吴王阖庐与楚王争夺国土，
经常是我军溃败吴军大胜。
吴军何故逞凶环街穿宗社，
乃至窜上山丘掘开平王陵？

（九二）

语告堵敖[①]，
以不长。
何弑上自予，

忠名弥彰[②]？

①**语**：汉·王逸《章句》书作**“吾”**，大为不妥。此处所言之事是春秋时代的事，战国时代屈原岂能称**“吾”**？**“吾”**是**“语”**之讹夺。**堵敖**：春秋前期的楚国君主，名熊囏（jiān）。

②**忠名弥彰**：《左传·楚世家》云：“成王恽元年，初即位，布德施惠，结旧好于诸侯。使人献天子，天子赐胙（zuò，祭肉），曰：‘镇尔南方夷越之乱，无侵中国（指华夏中原地带）。’于是楚地千里。”故曰：**“忠名弥彰。”**

熊恽密传熊囏蓄谋要杀他，
说熊囏工位不能久长。
为何熊恽杀囏自立为成王，
获得忠良之美名宣扬？

（九三）

伏匿穴处[①]，
爰何云？
是淫是荡，
爰出子文[②]！

①**伏匿穴处**（chǔ）：此句指斗伯比与䢵（yún，同郧）女在洞穴中相处私通。斗伯比，斗氏芈（mǐ）姓，楚先王若敖的后代，令尹子文之父。《左传·宣公四年》载，“若敖娶于䢵（今

湖北安陆)，生斗伯比。若敖卒，从其母蓄于䢵（国)，淫于䢵子之女，生子文焉。䢵夫人使（人）弃诸（之于）梦（云梦泽）中，虎乳之。䢵子田（狩猎)，见之，惧而归。以告（䢵夫人将女儿私生子之事告诉䢵君)，（䢵君）遂使收之。楚人谓乳（曰）穀，谓虎（曰）於（wū）菟，以其女妻（嫁）斗伯比，（斗穀於菟）实为令尹子文。”

②**爰出子文**：生出子文。**爰**：语首助词。**子文**：即贤士令尹子文。《论语·子张问》（孔子）曰：“令尹子文三仕为令尹，无喜色；三已之（三次被免职)，无愠色，故令尹之政（原来自己当令尹时做了哪些政务，还有哪些必须做的政务)，必告新令尹。何如?”子曰：“忠矣!”《左传·庄公三十年》曰：“斗穀於菟为令尹，自毁其家（罄尽家资)，以纾楚国之难。”

斗伯比与䢵女匿穴私通，
何必散言碎语议论纷纷？
是荒淫也罢浪荡也罢，
为楚生出贤士令尹子文！

（九四）

荆师作勋
　　夫何先？
悟过改更，
我又何言？

荆楚穷兵黩武追求建功勋，
为何热衷首先挑起战端？
灵修若省悟过失改弦更张，
我又何须再次直言相谏？

（九五）

薄暮雷电[①]，
归何忧[②]？
厥庄不奉[③]，
帝何求[④]！

①**薄暮雷电：**薄，逼近，贴近。意喻楚国已经逼近电闪雷鸣、风雨飘摇的黄昏，内政外交已到了日暮途穷的境地。

②**归何忧：**屈子自指，意谓：既然楚国已经到了这步田地，“我屈原即使不再流浪回归郢都，我这天天忧国忧民的人，还有什么须要我去忧虑的了呢？俱往矣！”哀，莫大于心死。

③**厥庄不奉，厥，**其。《尚书·禹贡》：“厥土惟黄壤。”此处指楚先王及明君奉行的“举贤授能”等美政。**庄：**后世为避汉明帝刘庄讳，改“庄”为“严”。“严”有“庄”义，此处义为庄严神圣。

④**帝何求：**意谓“还祈求什么天帝，天帝也没有办法拯救楚国衰亡的命运啦！”

楚近黄昏电闪雷鸣，

即使回归郢都何须我忧？
其庄严美政不奉行，
灵修呼天求帝帝有何谋！

校记：我所见到的学者调整《天问》结尾错简的五种版本，皆欠妥帖。尤其是将“薄暮雷电”至“帝何求”这一小节，都没有置于结尾之最后。以本小节作为《天问》的结束语，从艺术角度上说，“薄暮雷电”给人以日薄西山、电闪雷鸣、山雨欲来风满楼、大厦将倾的审美震撼感；“厥庄不奉”引人掩卷沉思：“哀民生之多艰”的屈子，心碎了！“恐皇舆之败绩”而“奔走以前后”的屈子，心死了！窃谓如此调整、排列《天问》错简的结尾，既贴近屈子崇尚“美政”思想的思路，又符合诗人屈子跳跃着、律动着、变幻着情色意绪的诗路，合理合情，字顺文通，顺理成章。(详见拙著《重订屈原赋辨译》之“《天问》结尾辨”)

第三卷

离　骚

离　骚

题　解

屈原是楚怀王执政时的左徒（副宰相），对内主张“举贤授能”，对外主张“联齐抗秦”。《史记·屈原列传》曰：屈原“为楚怀王左徒……入则与王图议国事，以出号令；出则接遇宾客，应对诸侯……上官大夫与之同列，争宠而心害其能。怀王使屈原造为宪令，屈原属草稿未定。上官大夫见而欲夺之，屈原不与，因谗之曰：‘王使屈平为宪令，众莫不知，每一令出，平伐其功……曰：非我莫能为也。’王怒而疏屈平。屈平疾王之不聪也，谗谄之蔽明也，邪曲之害公也，方正之不容也，故忧愁幽思而作**《离骚》**”。此说言屈子之所以作**《离骚》**，是因为“屈原疾王之不聪也，谗谄之蔽明也……故忧愁幽思而作**《离骚》**”，正确！而其结语所言“离骚者，犹离忧也”则欠妥。“离”，有十多个义项，尚有“陈列”、“罗列”、“编排”之义。是故“**离骚**”者，编排陈列胸中骚动之心声也。详见拙著《屈原赋辨译·离骚卷》中的《“离骚”辨正》。

（一）

帝高阳之苗裔兮，
朕皇考曰伯庸①。
摄提贞于孟陬(zōu)兮②，
惟庚寅吾以降(hóng)。

①**朕皇考**：我过世的父亲。**朕**：我。先秦无论官民都指称“我”为“朕”。到了秦始皇二十六年，始诏告天下“朕”为皇帝自称。**皇考**：已亡故的父亲。

②**摄提**：古天文学中与岁星（太岁）相的星名，即木星。

我家是帝王高阳氏后代啊，
我的过世父亲雅号曰伯庸。
木星在寅孟春建寅之月啊，
唯我又在庚寅之日而降生。

（二）

皇鉴揆(kuí)余于初度兮①
肇锡余以嘉名。
名余曰正则兮，
字余曰灵均。

①**皇**：“皇考”（先父）的省略词。

先父鉴察我之初生时节啊，
便开始赐我善美之名。
为我所取的大名叫正则啊，
给我取的吉字称灵均。

（三）

纷吾既有此内美兮，
又重(chóng)之以修能(tài)[①]。
扈(hù)江离与辟芷兮，
纫秋兰以为佩。

①**能**：闻一多《离骚解诂》说：“按：能、态，古字通。”

我既有众多先天之美啊，
又加之以修饰仪态。
披挂串串江蘺与幽芷啊，
编结秋兰作为饰佩。

（四）

汩(yù)余若将不及兮[①]，
恐年岁之不吾与。

qiān pí
朝搴阰之木兰兮，
夕揽洲之宿莽。

①汩：此处读 yù，迅疾貌。

我如水急行也会来不及呀，
怕年岁不等我而流逝过去。
清晨采摘坡地的木兰花呀，
黄昏时揽取洲渚中的宿莽。

（五）

日月忽其不淹兮，
春与秋其代序。
惟草木之零落兮，
恐美人之迟暮[1]。

①**美人**：此处以敬称喻楚怀王。

日月疾速运行它不淹留啊，
春往秋来按时序替代如故。
想到秋日来临草木凋零啊，
恐怕当今的美人已经迟暮。

（六）

不抚壮而弃秽兮，
何不改乎此度？
乘骐骥以驰骋兮，
来吾道(dǎo)夫先路！

不抚驭贞壮而摒弃奸佞呀，
何不改革当今用人的法度？
乘上千里马以驰骋奔腾吧，
来，我为君导向先王之路！

（七）

昔三后之纯粹兮，
固众芳之所在。
杂申椒与菌桂兮，
岂惟纫夫蕙茝(chǎi)。

往昔楚国三君纯粹无瑕呀，
必然成为群芳荟萃之所在。
间杂申椒菌桂普通志士啊，
岂止联结蕙茝超群的奇才。

（八）

彼尧舜之耿介兮，
既遵道而得路。
何桀纣之猖披兮[①]，
夫唯捷径而窘步。

①**桀纣**：夏桀、商纣。**猖披**：原义为穿衣不结带，散乱不整。引申为恣意妄行。

那尧舜正直专一施美政啊，
尽是遵循大道而得行正路。
桀纣何以放荡恣意妄行啊，
只因走捷径而惶急乱步。

（九）

惟夫党人之偷乐兮，
路幽昧以险隘。
岂余身之惮殃兮，
恐皇舆之败绩。

思虑党人们之苟且偷安啊，

亲秦之路阴暗而险阻。
哪是怕我自身遭遇灾殃呀，
怕宗国宝座面临倾覆。

（一〇）

忽奔走以先后兮，
及前王之踵武。
荃不察余之中情兮[①]，
反信谗而齌(jì)怒。

①**荃**：香草名。以香草喻怀工，表尊称。

护皇舆超前跑后急奔走啊，
以追赶前王施美政之脚步。
君不体察我勤王之衷情啊，
反而信谗言对我勃然暴怒。

（一一）

余固知謇(jiǎn)謇之为患兮[①]，
忍而不能舍也！
指九天以为正兮，
夫唯灵修之故也！

①**謇謇**：秉性正直之人对上司说他人不敢说的话时，口齿出现“謇謇謇謇”结巴状。可引申为“直言”。

我原本知道直言惹祸患啊，
隐忍委屈而不能舍弃进谏也！
指九天之灵来为我作证啊，
只是为君王能施美政之故也！

（一二）

初既与余成言兮，
后悔遁而有他。
余既不难夫离别兮，
伤灵修之数（shuò）化。

当初既与我说相伴终生啊，
后来翻悔疏远我而亲近他。
我已经不难于一再离别啦，
伤心的是君王屡屡生变化。

（一三）

余既滋兰之九畹兮，
又树蕙之百亩[①]。
畦留夷与揭车兮，
杂杜衡与芳芷。

①此节所言**“滋兰”**、**“树蕙”**云云，是在写任三闾大夫时，如何为楚国培养各种人才。

我已经培育春兰九畹啊，
又养植秋蕙百余亩。
分畦栽培留夷与揭车呦，
套种香杜衡与芳芷。

（一四）

冀枝叶之峻茂兮，
愿俟[sì]时乎吾将刈[yì]。
虽萎绝其亦何伤兮，
哀众芳之芜秽！

期望众芳洒脱枝繁叶茂啊，
意愿待到吐香时我将采摘。
假若枯死了也无可悲伤啊，
可悲的是众芳荒芜与败坏！

（一五）

众皆竞进以贪婪兮，
凭不猒[yàn]乎求索。
羌内恕己以量人兮，

各兴心而嫉妒。

众佞臣竞相争官以贪婪啊，
满不厌倦于追求勒索。
且内恕己以己贪度他人啊，
各动心机而相互嫉妒。

按：此节承上文，言“**众芳之芜秽**”的无耻之行径。

（一六）

忽驰骛以追逐兮，
非余心之所急。
老冉冉其将至兮，
恐修名之不立。

急忙忙狂奔以追权逐利啊，
那可不是我的壮心之所急。
衰老渐渐地即将到来了呀，
唯恐建功的芳名不能树立。

（一七）

朝饮木兰之坠露兮，
夕餐秋菊之落英（yāng）①。

苟余情其信姱以练要兮，
长颇颔（kǎnhàn）亦何伤。

①**落英**：新生的花朵。《尔雅》："落，始也。"苏东坡《戏章质夫寄酒不至》诗云："漫绕东篱嗅落英。"

清晨饮木兰坠落之甘露啊，
黄昏餐秋菊新生之英。
只要中情诚然精美而纯粹啊，
常年面容憔悴有何伤。

（一八）

揽木根以结茝（zhǐ）兮，
贯薜荔之落蕊。
矫菌桂以纫蕙兮，
索胡绳之𦈡𦈡。

揽木兰根须以结扎白芷啊，
串薜荔蔓初生的花蕊。
矫直菌桂枝条穿纫兰蕙啊，
搓胡绳花链绮丽逶迤。

（一九）

謇吾法夫前修兮[1]，
非世俗之所服。
虽不周于今之人兮[2]，
愿依彭咸之遗则[3]。

①**謇**：此“**謇**”承上文“**揽木根以结茝**”等自我修结等辞语，故译“乃”或“乃是”为宜。

②**虽**：此处义为“唯”，“唯独”。《管子·君臣》“虽（唯）有明君能决定。”

③**彭咸**：汉·王逸《章句》曰：“彭咸，殷（商）贤大夫，谏其君不听，自投水而死。”

乃是我效法古代之先贤啊，
本非世俗之人们所佩所服。
唯我不苟合于今之庸人啊，
情愿依从彭咸遗留之准则。

（二〇）

长太息以掩涕兮，
哀民生之多艰[1]！
余虽好修姱以鞿羁兮，

謇朝谇(suì)而夕谮(zèn)[②]！

①**民生**：人生。《诗·大雅·生民》之“民”即“人”。此处专指屈子自身之人生，有下文三十行诗皆言屈子自己“人生多艰”为证。不是今日所谓“人民生活”之义。

②王逸版本“**謇朝谇而夕替**”之“**替**”，与下句之“**既替**”之“**替**”，皆系“**谮**（zèn)”之讹夺。**谮**：抵毁、诬陷。《诗·少雅·巷伯》：“彼谮人者（那诬陷人的人），亦已太甚。”故订正之。

长长地叹息而掩面垂泪啊，
哀叹我人生中之诸多艰险！
我只是好修美而被羁绊啊，
早晨挨责骂而傍晚遭诬陷！

（二一）

既谮余以蕙纕(xiāng)兮，
又申之以揽茝。
亦余心之所善兮，
虽九死其犹未悔！

既诋毁我以蕙兰做佩带啊，
又申斥我以白芷做环佩。
修姱是我衷心之所喜好啊，

即使九死无生依然不悔！

（二二）

怨灵修之浩荡兮，
终不察夫民心。
众女嫉余之蛾眉兮[①]，
谣诼(zhuó)谓余以善淫。

①**众女**：众多大臣。《屈原赋》中屈子以夫妻关系喻君臣关系。此“**众女**”指众多奸臣。**蛾眉**：喻屈子所主张的“施美政”。

怨灵修之心思汪洋恣肆啊，
终不体察我这忠贞之心。
众女人都嫉妒我的蛾眉啊，
造谣诽谤说我喜好荒淫。

（二三）

固时俗之工巧兮，
偭(miǎn)规矩而改错。
背绳墨以追曲兮，
竞周容以为度。

固守投机取巧之时俗啊，
违背准则而去更改举措。
背弃正直而追求歪曲啊，
竞相迎合取悦作为尺度。

（二四）

忳(tún)郁邑余侘傺(chàchì)兮[1]，
吾独穷困乎此时也！
宁溘(kè)死以流亡兮，
余不忍为此态也！

①**忳郁悒**：忧伤苦闷惆怅貌。三字组联在一起，是屈子惯用的修辞手法。只加注，不译为妙。**余**：徐仁甫《楚辞文法概要》说：此处“‘余’犹‘而’作连词用”。

忳郁悒而惆怅伫立失意呀，
我独穷困到如此地步了也！
宁可突然死去随水流亡呀，
而不忍此苟且偷生之态也！

（二五）

鸷鸟之不群兮，
自前世而固然。

何方圆之能周兮，
夫孰异道而相安。

鹰雕之所以不结帮随群啊，
秉性自先祖代代遗传。
哪有方榫与圆孔相吻合呀，
又谁能道不同而相安。

（二六）

屈心而抑志兮，
忍尤而攘诟[①]。
伏清白以死直兮，
固前圣之所厚。

①**攘诟**："攘"，一义为"排除"，一义为"纳取"。《国语·齐》："西征，攘（纳取）白翟之地。"此句与上言"忍尤"（忍耐责怪）同义。是故"攘诟"译作"忍受诟病（侮辱）"为宜。

委屈雄心而压抑壮志啊，
忍耐责怪而忍受诟病。
坚守清白而死于正直啊，
本为前代圣贤所器重。

（二七）

悔相（xiàng）道之不察兮[①]，
延伫（zhù）乎吾将反。
回朕车以复路兮，
及行迷之未远。

①**相道**：指前文对怀王说“来吾导夫先路”。

懊悔辅君王导路未察土啊，
久久站立思索我将回返。
掉转我车回归自修之路啊，
趁着步入迷途尚未走远。

（二八）

步余马于兰皋兮，
驰椒丘且焉止息。
进不入以离尤兮[①]，
退将复修吾初服。

①**不入**：不被容纳。**离尤**：遭责难。**“离”**，遭也。《诗·兔爰》：“雉离其罗（野鸡遭网罗）。”

让我马漫步泽畔兰花岸啊，
驰骋到椒丘聊且就此歇息。
进勤王不容纳而遭灾难啊，
退回复修我当初香花美服。

（二九）

制芰（jì）荷以为衣兮，
集芙蓉以为裳。
不吾知其亦已兮，
苟余情其信芳！

裁芰荷翠叶制作绿上衣呀，
采集芙蓉花瓣缝缀红下裳。
不知道我忠贞那也就罢了，
只要我的情操它纯粹芬芳！

（三〇）

高余冠之岌岌兮，
长余佩之陆离。
芳与泽其杂糅兮[①]，
唯昭质其犹未亏。

①**泽**：此处义为“汗气”。《诗·秦风·无衣》：“岂曰无衣、与子同泽。”《史记·淳于髡（kūn）传》：“罗衣襟解，微闻芗（香）泽。”可见“泽”是湿润的气体。

增高我的冠冕使之巍峨呀，
加长我的玉佩带使之低垂。
芳香与汗气杂糅在一起啊，
那光洁温馨之质依然未亏。

（三一）

忽反顾以游目兮，
将往观乎四荒。
佩缤纷其繁饰兮，
芳菲菲其弥章。

忽回首顾盼而游目远望啊，
我将前往游观乎四荒。
佩带色缤纷其装饰繁华啊，
香气菲菲其馥郁昭彰。

（三二）

民生各有所乐兮，
余独好修以为常。

虽体解吾犹未变兮，
岂余心之可惩！

人生各有各的所喜所乐啊，
我独喜好修洁习以为常。
即使体解形消我犹未变呀，
我的心岂可容他人惩创！

(三三)

女媭之婵媛兮，
申申其詈(lì)予，曰：
“鲧婞(xìng)直以亡(wàng)身兮，
终然殀乎羽之野。”

女媭之情态悱恻缠绵哟，
娓娓絮叨她责骂我，说：
“鲧性情刚直以拼命忘我呀，
最终落个困遏羽山之野。”

(三四)

汝何博謇而好修兮[①]，
纷独有此姱饰[②]。
资菉葹以盈室兮[③]，

pān
判独离而不服[④]。

①**博謇**：直言。《韵会》："謇，直言貌。""博謇"：事事直言不讳。

②**纷**：纷纭之"纷"，众多貌。姱饰：美丽服饰。

③**资**：积累，《广雅》："茨（资），积也。"**菉葹**：与屈子所喜爱的"兰蕙"相反的杂草。

④**判**：此处义谓"不顾命"、"拼命"。杜甫《曲江对饮》："纵酒久判（没完没了拼命饮酒）人共弃。"**不服**：不服饰俗草。

你何必爱直言而好修洁啊，
人群中你独有此美好服饰。
众人积菉竹卷耳堆满屋啊，
唯独你不顾命弃草而不服。

（三五）

众不可户说（shuì）兮，
孰云察予之中情[①]？
世并举而好朋兮，
夫何茕（qióng）独而不予听！

①**云**：语助词，用于句首、句中或句末。《左传·僖十五年》："岁云秋矣。"

人众多不能挨户说情由啊，
谁会察觉我们好修之衷情？
世人相抬举而好结朋党啊，
为何孤独自处我的话不听！

（三六）

依前圣以节中兮，
喟(kuì)凭心而历兹。
济沅湘以南征兮，
就重华而陈辞。

依前圣道义以守节中正啊，
叹满心中正而经受此遭遇。
渡沅水湘江向南方远行啊，
趋向虞舜重华而向他陈辞。

（三七）

启舞《韶》与《九歌》兮[①]，
夏康娱以自纵[②]。
不顾难(nàn)以图后兮，
五子用夫家巷(hòng)[③]。

①王逸版本书作**“启《九辩》与《九歌》兮”**，不妥。姜亮夫《校注》说：“……疑本作启舞韶与九歌”，指出“舞韶”内证《离骚》末尾有：**“奏九歌而舞韶兮”**，当从之。

②**夏**：义为“大”。《辞源》引《方言》曰：“凡物之壮大者而爱伟之，谓之夏”。

③此句王逸版本书作“五子用失夫家巷”。“失”是误衍，当为**“用夫”**。**用**：因此。《诗·小雅·小旻》：“谋夫孔多，是用不集”（因此观点不能统一）。

启沉溺舞《韶乐》与唱《九歌》呀，
只知大肆欢娱而自在放纵。
不顾念隐患亦不谋后世哟，
亲生五子因此便发生内讧(hòng)。

按：从第三十七小节向有道之君虞舜陈辞，至第四十三小节，皆是引用古代君王无道、不启用贤人而失败的传说，暗示怀王之无道，借以排忧抒愤。

（三八）

羿(yì)淫游以佚(yì)畋(tián)兮[①]，
又好射夫封狐。
固乱流其鲜终兮，
浞(zhuó)又贪夫厥(jué)家(gū)[②]。

①**羿**：中国古代传说中所言“**后羿**”者有三位，皆善射。此处所言之“羿”，是夏代有穷国之后羿。**佚**：放荡。**畋**：狩猎。

②**浞**：寒浞，羿之臣相。《左传·襄公四年》：“寒浞，伯明氏之谗子弟也，伯明后寒弃之，夷羿收之，信而使之，以为己相。浞行媚于内，愚弄其民，而虞（娱）羿于畋（狩猎）……羿……将归自畋，家众杀而烹之。”**家**：读作“姑”。此“**家**”即“妇”，亦即“妻”。

有穷国后羿安乐于狩猎啊，
又好射体态丰满的雌狐。
原本行为乱流少有善终啊，
寒浞杀死他又霸占其妇。

（三九）

浇（ào）身被服强圉（yù）兮[①]，
纵欲而不忍。
日康娱而自忘兮，
厥首用颠陨。

①**浇**：传说是寒浞与羿之妻所生之子，又名过浇。**被服**：此处是“身上蕴藏”或“身怀”之意。**强圉**：强壮多力貌。

过浇仗恃身怀雄猛体力啊，
恣情纵欲而不知克制。

天天寻欢而忘自身恶行啊，
浇的头颅因此而坠地。

（四〇）

夏桀之常违兮，
乃遂焉而逢殃。
后辛之菹醢（zū hǎi）兮[①]，
殷宗用而不长。

①**后辛**：**后**，君王；**辛**，纣王名。

夏桀违背恒常之天道啊，
因此而遭亡国之灾殃。
纣王把贤人剁成肉酱啊，
殷朝因此而不得久长。

（四一）

汤禹俨（yǎn）而祗（zhī）敬兮[①]，
周论道而莫差（cuō）。
举贤而授能兮，
循绳墨而不颇。

①**汤禹**：此乃倒言“夏禹商汤”。《礼记·礼运》有孔子倒言“幽厉伤之”。之所以倒言历史人物，皆因以仄声结尾，说出来顺嘴好听。

夏禹商汤庄重而恭敬啊，
周公论治国之道而无差错。
推举贤人而任用能者啊，
遵循绳墨规矩而从不偏颇。

（四二）

皇天无私阿兮，
览民德焉错辅[①]。
夫维圣哲以茂行兮，
苟得用此下土[②]。

①**民**：当指君主。地面上之“君”，在天帝眼里亦视之为“子民”。

②**用**：治理。《荀子·富国》：“故仁者之用国，非特将其持有而已也。”即仁者在于治理国家，不在于持有国家。

皇天无私心不偏袒君主啊，
察王者兴德泽就筹措祐辅。
唯圣哲以美德施惠庶民啊，

才能得以治理这天下疆土。

(四三)

瞻前而顾后兮，
相观民之计极[1]。
夫孰非义而可用兮，
孰非善而可服。

①**民**：此处亦指上帝子民——君王。**计极**：考订结局。闻一多《解诂》说："计，考校也。《周髀算经·下》注曰：'极，终也'……并犹今言'结局'也。此言观察人事而考其结局。"

瞻望前朝而顾其后世啊，
审视君王们的施政结局。
有谁行不义而施美政啊，
有谁心不善而信奉正义。

(四四)

阽(diàn)余身而危死兮，
览余初其犹未悔。
不量凿而正枘(ruì)兮，
固前修以菹醢(zū hǎi)。

我身临险境濒临死亡啊，
省察我报国初衷依然不悔。
不考量凿孔只顾入枘啊，
因此殷贤人而遭纣王剁碎。

（四五）

曾歔(xū)欷(xī)余郁邑兮，
哀朕时之不当。
揽茹蕙以掩涕兮，
霑余襟之浪浪。

频频叹息而忧伤且烦闷啊，
哀叹我生不逢盛世禹汤。
持柔软蕙草以掩面垂泣啊，
浸湿我衣襟之泪水浪浪。

（四六）

跪敷衽以陈辞兮，
耿吾既得此中正。
驷玉虬(qiú)以乘鷖(yī)兮，
溘(kè)埃(āi)风余上征[1]。

①**溘**：迅急，倏忽。**飓风**：疾风。曹植《盘石篇》："一举必千里，乘飓举帆幢。"汉·王逸《楚辞章句》书作**"埃风"**——尘埃风，极为不妥。金开诚等《屈原集校注》引《文选·吴都赋》刘注、江淹杂体诗》注，皆引作"溘飓风"。**"溘"**与**"飓"**皆表"迅速"。

铺平长袍下摆跪以陈辞啊，
我心豁亮得此大道中正。
乘玉虬驾驭的凤羽华车啊，
倏忽飓风助我上征晴空。

（四七）

朝发轫于苍梧兮①，
夕余至乎县(xuán)圃②。
欲少(shāo)留此灵琐兮③，
日忽忽其将暮④。

①**发轫**：**"轫"**，刹住车轮的木块，故车启行曰**"发轫"**。**苍梧**：在今湖南省宁远县东南。传说舜南巡驾崩，葬于苍梧。上文屈子想象中在舜葬之地向重华（舜）陈辞，故此处说**"发轫于苍梧"**。

②**县圃**：空中花园神府。**县**："悬"的本字。

③**灵**：因**县圃**是神府花园。**琐**：县圃门上镂刻着的连锁花纹图案。

④**将暮**：译为"即将落幕"为妙，意谓暮色是夕阳"落"下的；同时，又协"落幕"之意。

清晨飞车在虞舜之苍梧啊，
傍晚我到达昆仑悬圃。
想在神府镂花门前逗留啊，
夕阳忽忽他即将落幕。

（四八）

吾令羲和弭节兮[①]，
望崦嵫而勿迫[②]。
路曼曼其修远兮，
吾将上下而求索[③]！

①**羲和**：神话人物，驾驭太阳的驭者。**弭节**：控制太阳车前进节奏，即按节徐行。

②**崦嵫**：神话中的神山，日落处。

③**上下而求索**：从下文**“求索”**过程可知：是为楚国**“求”**贤臣，皆**“求”**而未得。意在表明：楚国贤臣舍我而谁?

我令羲和按节徐行啊，
望见崦嵫也无须急迫降落。
路漫漫其路途遥远啊，
我将上天降地而不倦求索！

（四九）

饮(yìn)余马于咸池兮[①]，
总余辔(pèi)乎扶桑。
折若木以拂日兮，
聊逍遥以相羊。

①**咸池**：神话中日落处。《淮南子・天文》："日出于旸谷，浴于咸池；拂于扶桑：是谓晨明。"

饮我的白龙马于咸池啊，
系我的马缰绳于扶桑。
折若木枝以拂拭夕阳啊，
姑且自在逍遥以徜徉。

（五〇）

前望舒使先驱兮，
后飞廉使奔属。
鸾皇为余先戒兮，
雷师告余以未具。

前头命月神望舒为先驱啊，

后面令风伯飞廉奔跑追随。
鸾凤去为我开路做警戒啊，
雷师告诉我仪仗尚未齐备。

按：此节是屈子言其幻想中艺术化了的庄严而空灵的随从，极富幽默情调。隐含屈子急于求索要日以继夜的心境。

（五一）

吾令凤鸟飞腾兮，
继之以日夜。
飘风屯其相离兮，
帅云霓而来御。

我令凤鸟载我急速腾飞啊，
为求索我要日以继夜。
飘风聚集那游离的风云啊，
率领云霞而前来迎接。

（五二）

纷总总其离合兮，
斑陆离其上下[①]。
吾令帝阍（hūn）开关兮，
倚阊（chāng）阖而望予。

①仪仗队在云中，故言**“离合”、“上下”。帝阍**：天帝宫前的守门人，即“门隶”或“门吏”。**开关**：打开门栓。**关**：关门的横木门栓。

仪仗纷纭杂沓忽离忽合呦，
色彩斑驳绚丽上下逶迤。
我令帝宫门隶打开天门栓啊，
他倚门冷眼望我不搭理。

（五三）

时暧暧其将罢兮，
结幽兰而延伫。
世溷(hùn)浊而不分兮，
好蔽美而嫉妒。

时光昏黄太阳即将沉落啦，
扭结幽兰环佩而伫立良久。
人世间混浊而善恶不分啊，
好掩蔽他人美而心怀嫉妒。

（五四）

朝吾将济于白水兮[①]，

lànɡ xiè
登阆风而绁马。
忽反顾以流涕兮，
哀高丘之无女！

①**将**：行，前行。《诗·敬之》："日就（行）月将（行）。"

清晨我前行渡过白水啊，
登上昆仑阆风而后拴好马。
忽然回顾往事而流泪啊，
哀叹神山高丘竟然也无女！

（五五）

kè
溘吾游此春宫兮，
折琼枝以继佩。
及荣华之未落兮，
wèi
相下女之可诒。

我忽然遊览到这春神宫啊，
折一枝琼花接续我的兰佩。
趁枝上琼花色彩尚未褪呀，
相准下界美人便可以赠给。

（五六）

吾令丰隆乘云兮，
求宓(fú)妃之所在①。
解佩纕(xiāng)以结言兮，
吾令蹇修以为理②。

①**宓妃**：神话传说中伏羲氏之女，洛水之女神。

②**蹇修**：王逸《章句》曰："蹇修，伏羲氏之臣也。**理**：行理。此处指"媒人"。

我令雷师丰隆乘驾风云啊，
寻求宓妃的宫帷之处所。
解下幽兰佩带权作约言啊，
我令蹇修前往作为媒妁。

（五七）

纷总总其离合兮，
忽纬繣其难迁。
夕归次于穷石兮①，
朝濯发乎洧盘。

①**穷石**：神话中地名，后羿所居之地。《左传·襄公四年》："后羿自鉏迁于穷石。"此处暗示宓妃与后羿通淫。

话纷纭杂沓其若拒若定啊，
忽态度乖张执拗其意难迁。
日落她归宿后羿之穷石啊，
日出她到洧盘河洗发打扮。

（五八）

保厥美以骄傲兮，
日康娱以淫游。
虽信美而无礼兮，
来违弃而改求。

她仗恃美貌以显示骄傲啊，
整天沉溺欢娱而恣意浪游。
虽然确实美而没有礼貌啊，
我只好舍弃之而改为他求。

（五九）

览相观于四极兮，
周流乎天余乃下。
望瑶台之偃蹇兮，

见有娀之佚女。

纵览审视观察天地四极啊，
游遍了皇天楼台我才下降。
望华美瑶台之巍峨耸立啊，
见有娀氏之美女坐在瑶台上。

（六〇）

吾令鸩（zhèn）为媒兮，
鸩告余以不好。
雄鸠之鸣逝兮，
余犹恶其佻巧。

吾令鸩鸟前往做媒啊，
鸩鸟回来骗我说佚女不好。
雄斑鸠能飞鸣远去啊，
我犹然厌恶它轻佻且奸巧。

（六一）

心犹豫而狐疑兮，
欲自适而不可。
凤皇既受诒兮，
恐高辛之先我[①]。

①**高辛**：相传为黄帝的曾孙，尧的父亲，号高辛氏。

我心犹豫而充满怀狐疑啊，
想亲自前往而于礼不妥。
凤凰已受我委托送去约言啦，
犹恐高辛氏已先行于我。

（六二）

欲远集而无所止兮，
聊浮游以逍遥。
及少康之未家兮[①]，
留有虞之二姚[②]。

①**少康**：传说中是夏后相之子，夏代中兴之君主。

②**有虞**：王逸《章句》曰："有虞，国名，姚姓，舜后也。"《说文》："虞舜居姚墟，因以为姓。"

想远栖他方而无处可栖啊，
姑且我信步游荡暂时逍遥。
趁少康还未与美人成家啊，
尚留有虞国君之掌上二姚 。

（六三）

理弱而媒拙兮，
恐导言之不固。
世溷浊而嫉贤兮，
好蔽美而称恶。

聘问者软弱而媒人嘴拙啊，
恐引导言词难以说得稳妥。
举世混浊因而嫉妒贤能啊，
好掩善人美而称许奸人恶。

按：从五二小节至此，言所**“求”**之**“女”**，皆为古代帝王“臣”属之**“女”**。屈子以**“求女”**喻**“求”**贤臣，结论是因**“世溷浊而嫉贤兮，好蔽美而称恶”**，故皆未**“求”**到。**“求女”**之立意在于表明：楚国辅佐君王匡国安民一统天下之贤臣，舍我其谁！是故被罢黜的政治谋略家、哲人思想家屈子著《离骚》，意在排忧抒愤抗志扬德，明矣！

（六四）

闺中既以邃(suì)远兮①，
哲王又不寤②。
怀朕情而不发兮，

余焉能忍与此终古。

①**闺中既以邃远**：以“夫”喻君，以“妻”喻臣的屈子，显然是在言自己。有上下文为证。**以**：通“已”。《国语·晋四》：“其间之者，吾以除之矣！”

②**哲王**：圣明的君王。此乃修词性的说法，指楚怀王。

我这闺中女已远离朝廷啦，
圣明的君王又一直不醒悟。
心怀报国情而不能发挥啊，
我怎能忍与此情一起作古。

（六五）

索藑（qióng）茅以筳篿（tíngzhuān）兮[①]，
命灵氛为余占之[②]。
曰：“两美其必合兮，
孰信修而莫念之[③]？

①**索**：索紧，拧紧。**藑茅**：占卜用的筮（shì）草。**筳篿**：王逸《章句》曰：“筳，小折竹也。”《辞源》：“楚地人……占卜人事称篿。”

②**灵氛**：从事占卜吉凶的巫师。**占**：视。《辞源》注释“占”曰：“视兆以知吉凶”。

③汉·王逸《楚辞章句》书作“敦信修而慕之。”联系上下

文，此处“慕之”讲不通。闻一多订正为“孰信修而念之”（详见闻一多《楚辞校补》）。

索灵草而编结卜事之篿啊，
命灵氛为我占卜是吉是凶。
他说：“双方皆美必然能结合啊，
有谁爱修姱而不把你邀请？

（六六）

“思九州之博大兮，
岂唯是其有女？
曰勉远逝而无狐疑兮，
孰求美而释女（rǔ）？

“想想九州地域多么博大啊，
岂只楚地才有你所求之女？
依我说你当远走而无须犹疑啊，
会有谁追求美而能放过你？

（六七）

“何所独无芳草兮，
尔何怀乎故宅（chè）。
世幽昧以昡曜兮，

孰云察余之善恶。

“天涯海角何处无芳草啊，
你何必总怀念久居的宅舍。
世道昏暗而迷惑人心啊，
有谁会察觉我们好善憎恶。

（六八）

“民好恶(hàowù)其不同兮，
惟此党人其独异。
户服艾以盈要(yāo)兮①，
谓幽兰其不可佩。

①**户服**：此两字辞义难通。疑“户”乃“扈”之讹夺。**“扈”**者，披也。**《离骚》：“扈（披）江离与辟芷”**；**“服”**者，“穿”也。《墨子·节用》：“冬服（穿）绀緅（zōu）之衣，轻且暖。”聊备一说。

“人的喜好与憎恶岂不同啊，
唯有朝廷党人他独特怪异。
披穿萧艾野草于满身腰啊，
偏说芬芳的幽兰不可以佩。

（六九）

“览察草木其犹未得兮，
岂珵美之能当？
苏粪壤以充帏兮，
谓申椒其不芳！”

“览察草木尚未得知香臭啊，
观察美玉之质美岂能恰当？
撮取粪土用以充塞香囊啊，
硬说清馨的申椒其味不香！”

按：从第六五小节**“曰：两美其必合兮”**至第六九小节，皆系屈子所安排的**灵氛**之占卜解说词。

（七〇）

欲从灵氛之吉占兮，
心犹豫而狐疑。
巫咸将夕降兮[1]，
怀椒糈(xǔ)而要(yāo)之。

①**巫咸：**古代传说中的神巫。

想要听从灵氛所占吉卦啊，
心犹豫而又有所狐疑。
巫咸将于夜晚从天而降啊，
怀抱椒香馓饭而邀之。

（七一）

百神翳(yì)其备降兮，
九疑缤其并迎[①]。
皇剡(shàn)剡其扬灵兮[②]，
告余以吉故。

①**九疑**：湖南九疑山。唐·颜师古云："疑，似也。山有九峰，其形相似。"《水经》曰："异岭同势，游者疑焉。"王逸《注》曰："九疑，舜所葬也……舜又使九疑之神纷然来迎。"不妥。窃谓：以浪漫的艺术情调消愁解闷的屈子，在他神思妙想的艺术思维中，把九个山头的"九疑"山给人格化了。故当视为："九疑山披红戴翠并肩相迎"，以示九座山峰都以主人身份站在屈子立场迎百神，以尽地主之谊。

②**剡剡**：读音 shàn，光闪烁貌。

百神遮星蔽月一齐下降啊，
九疑山披红戴翠并肩相迎。
煌焰焰之灵光闪烁飞扬啊，

告我以君臣求协和之典故。

（七二）

曰："勉升降以上下兮，
求榘彟之所同①。
汤禹严而求合兮，
挚咎繇而能调②。

（jǔ yuē：榘彟；gāoyáo：咎繇）

①榘：通"矩"。彟：法度。
②咎：通"皋"。

说："努力升天降地以上下求索啊，
寻求施政法则规矩之所相同。
夏禹商汤严谨而谋求合作者啊，
皋陶伊尹而能与之合作协调。

（七三）

"苟中情其好修兮，
又何必用夫行媒。
说操筑于傅岩兮①，
武丁用而不疑②。

（yuè：说）

①**说**：殷宰相。说于傅岩之野筑墙，武丁于傅岩访得**说，**故命为**傅**姓，号傅岩。**操筑：**用杵夯筑夹板墙，俗云“板打墙”。

②**武丁**：殷朝中兴之主。殷自盘庚死后，国势衰落，武丁立，用**傅说**为相，勤修政务，国势日趋强盛。

“如果你内心真喜好修姱啊，
又何必求人为你做媒。
傅说在傅岩板筑夯土墙啊，
武丁访得他用而不疑。

（七四）

“吕望之鼓刀兮，
遭周文而得举。
宁戚之讴歌兮，
齐桓闻以该辅。

“吕望是敲刀杀猪的屠户啊，
遇到周文王而得到抬举。
宁戚是唱歌喂牛的行商啊，
齐桓公闻歌备用为宰辅。

（七五）

“及年岁之未晏兮，
时亦其犹未央。

tí jié
恐鹈鴂之先鸣兮[①]，
使百草为之不芳。”

①**鹈鴂**：一名子规，又名杜鹃。

“趁年纪还未进入暮年啊，
人生岁月亦尚未消磨光。
唯恐杜鹃它提前鸣叫啊，
促使百草遇寒不再芬芳。”

（七六）

何琼佩之偃蹇兮[①]，
众薆然而蔽之。
惟此党人之不谅兮[②]，
恐嫉妒而折之。

①**偃蹇**：该词多次出现，随文生义，此处义为“璀璨”。
②**谅**：诚信。《论语·季氏》：“友直，友谅（诚信）友多闻。”

这玉佩是多么的璀璨啊，
众群小隐隐然而掩蔽之。
唯独那党人不讲诚信啊，
怕他们因嫉妒而摧毁之。

（七七）

时缤纷其变易兮，
又何可以淹留！
兰芷变而不芳兮[①]，
荃蕙化而为茅！

①**兰芷**：屈子此处指他任三闾大夫时，精心培育过的弟子们，一个个萎靡、变质。

时世混乱变幻无常啊，
又怎么能够在此滞留！
兰芷变质而不芬芳啊，
香荃雅蕙化而为黄茅！

（七八）

何昔日之芳草兮，
今直为此萧艾也！
岂其有他故兮，
莫好修之害也！

为什么往日之香草啊，

今日径直成为荒蒿茅草也！
哪里有其他的缘故呀，
是不好修姱造成的病害也！

（七九）

余以兰为可恃兮，
羌无实而容长。
委厥美以从俗兮，
苟得列乎众芳。

我以为春兰可以倚靠啊，
乃无真才实学只外表堂皇。
抛弃美质而追随流俗啊，
浪得名列于自然界之众芳。

（八〇）

椒专佞(nìng)以慢慆(tāo)兮，
榝(shā)又欲充夫佩帏。
既干进而务入兮，
又何芳之能祗？

椒专断奸诈且傲慢放肆啊，

榝又盘算充入权贵之佩囊。
既然谋官职而致力钻营啊，
还有什么芳香能令人景仰？

（八一）

固时俗之流从兮，
又孰能无变化？
览椒兰其若兹兮，
又况揭车与江离。

本来时俗是前流后从啊，
又有谁能够无变化？
察椒兰其亦随波逐流啊，
又何况揭车与江离。

（八二）

惟兹佩之可贵兮，
委厥美而历兹[①]。
芳菲菲而难亏兮，
芬至今犹未沬(mèi)[②]！

①委：“委”有正训与反训。正训义为“委弃”，反训义“积

累”。汉·扬雄《甘泉赋》：“瑞穰(ráng)穰兮委如山。”

②沫：微暗。通“昧”。

唯独我这玉佩难能可贵啊，
积累其美而直到如今。
芳菲菲经风雨而难亏损啊，
芬芳温馨至今犹未泯！

（八三）

和调度以自娱兮，
聊浮游而求女。
及余饰之方壮兮，
周流观乎上下。

协和玉佩声调以踏歌自娱啊，
姑且浮游而求我理想之女。
趁着我的玉佩音响正壮美啊，
到各处流浪观乎皇天大地。

（八四）

灵氛既告余以吉占兮，
历吉日乎吾将行(háng)。
折琼枝以为羞兮，

精琼蕊以为粮①。

①王逸版本书作“精琼爢以为粻”。《文选》载张子平《西京赋》曰：“屑琼蕊以朝餐……”《注》曰：“楚辞曰：‘屑琼蕊以为粮’。”当从《文选》改“爢”为“蕊”，改“粻”为“粮”。详见拙著《屈原赋辨译·离骚卷》。

灵氛既告诉我占得吉卦啊，
选择好吉日我将远行。
折取玉树琼枝作为佳肴啊，
精选琼树玉蕊当食粮。

（八五）

为余驾飞龙兮，
杂瑶象以为车。
何离心之可同兮，
吾将远逝以自疏。

灵氛已经为我驾好飞龙啊，
乘瑶玉象牙镶嵌之华美车。
离心离德岂能结为同道啊，
我将远逝他乡以自我放疏。

（八六）

zhān
邅吾道夫昆仑兮，
路修远以周流。
ǎn
扬云霓之晻蔼兮，
鸣玉鸾之啾啾。

转换我路径绕道赴昆仑啊，
路途遥远正好顺路周游。
飞扬云霓般旌旗暗天日啊，
旗顶端玉鸾鸣叫声啾啾。

（八七）

朝发轫于天津兮，
夕余至乎西极。
凤皇翼其承旂兮①，
高翱翔之翼翼。

①**旂**（qí）：上画龙形，竿头系铃的旗。《周礼·春官·司常》："日月为常，交龙（两龙交叉）为旂。"

清晨乘车由银河渡口启程啊，

黄昏我的车驾已到达西极。
凤凰振翅覆护车前交龙旗啊，
高高翱翔情态安详而飘逸。

（八八）

忽吾行此流沙兮，
遵赤水而容与。
麾蛟龙使梁津兮，
诏西皇使涉余。

忽然我行进在这流沙河呀，
沿着赤水河岸而蠕动前移。
挥手令蛟龙使它架桥梁啊，
诏令西皇使他助我渡赤水。

（八九）

路修远以多艰兮，
腾众车使径待。
路不周以左转兮，
指西海以为期。

路程遥远而且险象丛生啊，

传告众车径直先行等待我。
路过不周山从而向左转啊，
指定到西海作为期会之所。

（九〇）

屯余车其千乘兮，
齐玉轪(dài)而并驰。
驾八龙之婉婉兮，
载云旗之委蛇(wēi yí)。

聚集我龙车上千辆啊，
调齐玉轮而并驾驱驰。
驾驭八龙曲曲婉婉啊，
车载云旗之逶逶迤迤。

（九一）

抑志而弭节兮[①]，
神高驰之邈邈。
奏《九歌》而舞《韶》兮，
聊假日以媮乐。

①**抑志**：掩抑旗帜。**“志”**通“帜”，旗帜。《史记·张丞相列

传》："沛公以周昌为职志。"《索引》："（职志），官名也。'职'，主也。'志'，旗帜也。谓（周昌）掌管旗帜之官也。"

掩抑旗帜停住龙车啊，
神情高驰远翔而邈邈。
听奏《九歌》而观舞《韶》啊，
姑且借此时光以娱乐。

（九二）

陟升皇之赫戏（hū）兮①，
忽临睨夫旧乡。
仆夫悲余马怀兮②，
蜷局顾而不行（háng）。

①**陟升皇**：重峦叠翠之间升起太阳。**陟**：犹重峦叠嶂。《尔雅·释山》："山三袭，陟。"《注》："袭亦重（chóng）。"疏："山之形若三山重者名陟。"**升皇**：姜亮夫说："皇字本有光明之象，则生皇犹如升日。"**赫戏**：光明炎盛貌。**戏**：此处读 hū，通"呼"。李白《蜀道难》"噫嘘戏"之"戏"，即"呼"。

②**余马怀**：此处**"余"**义为"而"。**怀**：**"马怀"**之"怀"义为"伤"。《诗·邶·终风》："愿言（助词）则怀"。《毛诗传（训诂）》："怀，伤（心）也。"

日升重峦光焰焰煊赫呼兮，
忽然下望看见远祖之故乡。
仆夫悲咽而龙马也悲伤啊，
身体蜷屈痴痴凝望而不行。

（九三）

乱曰：已矣哉[①]！
国无人莫我知兮，
又何怀乎故都。
既莫足与为美政兮，
吾将从彭咸之所居[②]！

①**乱曰**：结束语——尾声。古代诗歌讲究吟唱。《论语·太伯》曰："关雎之乱，洋洋乎盈耳哉！"从"洋洋乎"可以推断是无伴奏、或有伴奏的男女老少多声部吟唱。可视之为"尾声"。

②**从彭咸之所居**：游国恩《离骚纂义》对"吾将从彭咸之所居"是否意谓投水，引屈子自述之词："一则曰：'知死不可让，愿勿爱兮'（《怀沙》）；再则曰：'浮江淮入海兮，从子胥而自适（《悲回风》）……则屈子斯时不但死志已决，死法亦早已熟筹之矣！"

尾声：结束啦！
国无达人能知我爱国心啊，

又何必日日夜夜怀念故都。
既然不能参与谋划美政啊，
我将遵从贤达彭咸之所居！

第四卷

招　魂
卜　居
渔　父

招　魂

题　解

古人认为人既有肉体，又有灵魂，故有招人死后之魂与人在世之魂的习俗。

此**《招魂》**，是屈子以辞赋的艺术形式招囚死于秦国的楚怀王之魂。辞赋本质是借巫阳**“招魂”**之辞语，艺术化地揭示楚怀王荒淫无道，不理国政。

《招魂》开端、结尾用“兮”字的句子，皆系屈子自我感叹辞；中间三大段每隔一句用“些”音结尾。此“些”发长音为“suò——”，乃是江汉流域古老的巫师“招魂”腔，是巫师装神弄鬼，以示恐怖阴森神秘气氛的语气词，当不译为宜。

（绪曰）：

1

朕幼清以廉洁兮，
身服义而未沬(mèi)！
主此盛德兮[①]，
牵于俗而芜秽！

①**主**：坚守，注重。《论语·学而》：“主忠信。无友不如己者。”

我自幼清淳廉洁奉公啊，
身担道义而良心未昏昧！
我因坚守如此盛大美德，
遭世俗牵累而流于荒废！

2

上无所考此盛德兮，
长离殃而愁苦！
□□□□□□□，
□□□□□□□。

君王不考察此盛美之德呀，

长期遭殃而满心愁苦！
□□□□□□□□□□□□□，
□□□□□□□□□□□。

校记：“长离殃而愁苦”之“苦”，与上文之“昧”、“秽”不叶韵。此处开端当是四句为一小节，疑此处失落两句，故以方框补之。

（对语）：

1

帝告巫阳曰：
“有人在下，
我欲辅之。
魂魄离散，
汝筮予之①！”

①**筮**：用蓍草占卜吉凶。

天帝诏令巫阳曰：
“有一人在天界之下，
我想要帮助他。
他的魂魄已经离散，

你占卜其魂在何方，
去招魂还给他！”

2

巫阳对曰：
掌梦，
上帝命其难从！

巫阳答对上帝说：
我只掌管解人梦境之吉凶，
上帝命我招魂恐其魂难从！

校记：原文**“掌梦，上帝其难从。”**闻一多《楚辞校补》说：“疑当从一本帝下增命字。”依语境当从之。

3

帝曰：若必筮予之[①]，
恐后之谢，
不能复用！

①**若**：此处义为“你”。《庄子·至乐》：“若果恙乎（你果真忧愁吗）？予果欢乎（我果真快乐吗）？”

帝曰：你必须卜魂去处招魂给他，
唯恐晚了以后魂消魄散，
我不能再来启用他！

校记：王逸版本无**“帝曰”**。闻一多《楚辞校补》说：“若字上疑脱‘帝曰’二字。”依语境当从之。

第一大段

提示：陈列东、南、西、北以及天上、地下之凶险、恐怖，借以恫吓怀王之魂使之归来。

（一）

1

巫阳焉乃下招曰：
魂兮归来！
去君之恒干①，
何为乎四方些！
舍君之乐处，
而离彼不祥些！

①**去：**离开。**恒干：**此处指人的躯干。**恒：**长也。**干：**躯干。

巫阳于是才下凡招魂曰：
魂儿归来！
离开君常驻之躯干，
为何呀飘悠四方些！
舍弃你那安乐宫，
而遭受那灾殃些！

2

魂兮归来，
东方不可以托些！
长人千仞[①]，
惟魂是索些！

①**长人**：神话中的巨人。**仞**：古代长度单位。一说八尺为一仞；一说七尺为一仞。

魂儿归来呀！
东方地面不可以寄托些！
巨人身高有八千尺，
专门索取人之魂些！

3

十日代出，

流金铄石些！
彼皆习之，
魂往必释些！
归来，归来，
不可以托些！

十个太阳一个接一个冒出，
熔化铜铁烧碎顽石些！
东方长人都习惯了太阳晒，
君魂去那里必消释些！
归来，归来，
那东方不可以寄托些！

（二）

1

魂兮归来，
南方不可以止些！
雕题黑齿[①]，
得人肉以祀，
以其骨为醢（hǎi）些[②]！

①**雕题**：在额头上雕刻花纹以丹青涂之。题：《说文》：“题，

额也。”

②**醢**：肉酱。《天问》：梅伯菹醢（zū hǎi）（梅伯被剁成肉酱。）

魂儿归来呀，
南方地面不可停留些！
额头雕花牙齿皆涂黑，
获得人肉用作祭鬼神，
以其骨肉制作肉酱些！

2

蝮蛇蓁（zhēn）蓁，
封狐千里些！
雄虺（huǐ）九首往来倏忽，
吞人以益其心些！
归来兮归来，
不可以久淫些①！

①**淫**：滞留，淹留。

剧毒蝮蛇成群聚集，
肥壮狐狸遍布千里！
九头雄虺往来迅急，
吞人用以壮其心些！

归来吧，归来，
南方不可以淹留些！

（三）

1

魂兮归来，
西方之害，流沙千里些！
旋入雷渊，
靡散而不可止些！
幸而得脱，
其外旷宇些！
赤蚁若象，
玄蜂若壶些！

魂儿，归来哟，
西方之害，流沙滚滚千里些！
被流沙漩入雷神之深渊，
身糜烂不能制止些！
侥幸能从雷渊逃脱，
雷渊外面是旷野些！
红蚂蚁都如同大象，
黑蜂头尾像葫芦些！

2

五谷不生，
从菅(jiān)是食些！
其土烂人，
求水无所得些！
彷徉无所倚，
广大无所极些！
归来，归来，
恐自遗(wèi)贼些[①]！

①**贼**：杀害，迫害。《左传·闵公二年》："共仲使𬣞（yǐ）贼公于武闱。"

旷野里五谷不生长，
唯有吃茅草果腹些！
西方沙土能烂人身，
求水喝无处可得些！
徘徊游荡无依无靠，
荒野广大无边际些！
归来，快归来，
恐怕自己害自己些！

（四）

魂兮归来，
北方不可以止些！
cēng
增冰峨峨，
飞雪千里些！
归来兮归来，
不可以久些！

魂儿归来吧，
北方不可以停留些！
层冰巍峨叠成冰山，
飞雪弥天飘千里些！
归来哟归来，
北方不可以久留些！

（五）

1

魂兮归来，
君无上天些！
虎豹九关，

啄害下人些！

魂啊，归来吧，

君不可飘游上天些！

虎豹把守九重天门，

专啃咬下界之人些！

2

豺狼从（zòng）目[①]，

往来侁侁（shēn）些[②]！

一夫九首，

拔木九千些！

①**从目：**眼直竖。从，音 zòng，通“纵”。两眼直瞪以示凶恶相。

②**侁侁：**众多貌。《古文苑》载，晋·傅咸《皇太子·释奠颂》：“济济儒生，侁侁胄子（众多帝王贵胄子弟）。”

豺狼竖眼直瞪瞪，

一群群往来寻猎物些！

有一凶汉九个头，

一天能拔树九千棵些！

3

悬人以娭(xī)[①]，
投之深渊些！
致命于帝，
然后得瞑些！
归来，归来，
往恐危身些！

①**悬人**：将人提起倒悬。**娭**：通“嬉”。

凶汉把人倒悬以娱戏，
随后将人投入深渊些！
戏耍玩毕去报告天帝，
而后人方得以瞑目些！
归来吧，归来哟，
升天恐怕你会丧身些！

（六）

魂兮归来，
君无下此幽都些！
土伯九约[①]，
其角觺(yí)觺些[②]！

méi
敦脄血拇[③]，

pī
逐人駓駓些[④]！

参目虎首，

其身若牛些！

此皆甘人[⑤]，

□□□□些！

归来，归来，

wèi
恐自遗灾些！

①**土伯：**地府鬼怪头目。**约：**尾也。

②**觺觺：**犄角锐利。

③**脄：**脊侧肉也。**拇：**手足大拇指。

④**駓駓：**急走貌。

⑤**甘人：**把人当作美味吞吃。**甘：**美味。此处用作动词。

魂儿，快归来，

君不要下此地府些！

土伯他长有九条尾，

其头顶犄角锋利些！

脊肉敦实爪沾人血，

追逐人疯狂急奔些！

三只眼虎头血盆口，

其身壮如同牤牛些！

幽都鬼皆把人肉当美味，
□□□□□□□些！
归来吧归来，
去地府恐自招灾些！

校记：按上下文每小节两句皆有一“些”字句之句例可知，“比皆甘人”句下脱落一句，故补之以方框。

第二大段

提示：陈列宫廷、台榭、苑囿之美，美女陪眠、卫士警戒，以招魂形式揭示怀王魂儿归来，享受当年宫廷、别馆悠哉游哉之乐。暗寓怀王在位时不理国政之荒淫无道。

（一）

1

魂兮归来，
入修门些①！
工祝招君②，
背先行些！

①**修门：**郢都城门名。

②**工祝：**主持祭祀的男巫。此处为奉命招魂的神巫巫阳之

谦称。

魂儿，归来呀，
进入郢都修门些！
工祝我来招君魂，
面向君魂退行些！

2

秦篝齐缕，
郑绵络些！
招具该备，
永啸呼些[①]！
魂兮归来，
反故居些！

①**永啸呼：**长声呼唤。**永：**长。

秦国的竹笼齐国的缕提手，
郑国制作的绵软锦绣衣些！
招君魂的用具皆齐备，
我在拉长声音呼唤些！
魂呀，归来哟，
快来返故居些！

（二）

1

天地四方，
多贼奸些！
像设君室，
静闲安些！

天上地下四面八方，
贼奸处处皆多多些！
画像悬挂在君卧室，
幽静清闲而安宁些！

2

高堂邃（suì）宇，
槛层轩些！
层台累榭，
临高山些！

高堂连接深邃的玉宇，
栏杆围绕层层楼台些！

层层楼台接重重水榭，
水榭楼台临倚青山些！

3

网户朱缀，
刻方连些！
冬有突(yào)厦①，
夏室寒些！

①**突厦**：即东南角之大屋。因太阳东升，朝东与朝南之窗户接受阳光时间早而长，冬天室温趋暖。**突**：通“窔”。《尔雅·释宫》曰：“东南隅谓之窔。”

门雕网纹以朱砂红点缀，
镂刻着精美方连图形些！
冬有东南角大屋之暖室，
夏有敞亮厅堂以纳凉些！

4

川谷往复，
流潺湲些！
光风转蕙，
汜(fàn)崇兰些①！

①**汜**：通“泛”。**崇兰**：丛兰。**崇**：聚积。

川谷往复绕庭园，
溪流清浅水潺潺些！
晴日光风摇蕙草，
光风如波荡丛兰些！

（三）

1

经堂入奥，
朱尘筵些！
砥室翠翘，
挂曲琼些！

经过厅堂入内室，
朱红天花板地铺席些！
磨石屋壁装饰翠鸟尾，
衣冠可挂在玉钩上些！

2

翡翠珠被，
烂齐光些！

蒻阿拂壁，
罗帱（chóu）张些！
纂组绮缟，
结琦璜些！

翡翠珍珠缀锦被，
灿烂辉煌齐放光些！
软缯床帏遮墙壁，
绮罗床帐罩牙床些！
帐沿缀挂五彩带，
彩带扎结玉琦璜些！

（四）

提示：此段言宫廷内外，美女多娇，景象繁华。寓楚怀王骄奢淫逸，荒淫无度。

1

室中之观，
多珍怪些！
兰膏明烛，
华容备些！
二八侍宿，
夕替代些！

宫室之中洋洋大观，
诸多奇珍与异宝些！
兰脂膏蜡烛明亮亮，
花容美女皆齐备些！
十六位侍女伴君宿，
夜夜轮换着替代些！

2

九侯淑女[①]，
多迅众些！
盛鬋(jiǎn)不同制[②]，
实满宫些！

①**九侯淑女**：即楚国各地区之列侯向楚怀王进献的淑女。暗喻楚怀王妄自尊大、好色之徒。**九侯**：非实数，实指“列侯”。《史记·张仪列传》载：“楚尝与秦构难，战于汉中，楚人不胜，列侯执珪死者七十余人。”

②**鬋**：浓密。

列侯所献之淑女，
皆都勤快超群些！
浓发盘梳不同样，
淑女充盈宫闱些！

3

容态好比[①]，
顺弥代些！
弱颜固植[②]，
謇其有意些！

①**容态好比**：仪容体态善美并列。可引申译作“仪容体态相得益彰”。

②**弱颜**：意谓见生人忸怩羞怯，俗言“面嫩”、“脸皮薄”。**固植**：坚定的意志。《管子·法法》：“上无固植”（上司没有坚定的意志），“下有疑心。”

仪容体态相得益彰，
皆竟是绝代佳人些！
脸软羞臊而意志坚，
其胸怀锐意进取些！

4

姱容修态，
gèng
絙洞房些！
蛾眉曼睩，

目腾光些！

靡颜腻理，

wèi　mián
遗视𥈠些！

仪容娇美体态修长，

接连往来于洞房些！

蛾眉高挑凤眼流盼，

明眸炯炯闪腾光些！

容颜妍丽肌理细腻，

　　　　mòmò
暗送秋波情脉脉些！

（五）

提示：此段言宫廷之外的离宫室内装饰之美、离宫外景风光宜人，以及言卫士威武，警备森严。

1

离榭修幕，

侍君之闲些！

翡帷翠帐，

饰高堂些！

离宫设有长帷幕，

美女侍君消闲些！
翡蓝屏风翠绿帐，
为君装饰高堂些！

2

红壁沙版，
玄玉梁些！
仰观刻桷（jué），
画龙蛇些！

红泥抹壁丹砂涂门板，
墨玉镶嵌栋梁些！
仰观厅堂方形刻画椽，
龙蛇活灵活现些！

3

坐堂伏槛，
临曲池些！
芙蓉始发，
杂芰（jì）荷些！
紫茎屏风，
文绿波些！

闲坐高堂倚伏栏杆，
下临曲池水潺潺些！
荷花初始绽放红苞，
间杂菱荷绿叶作衬托些！
紫茎凫葵迎风摇摇，
水面泛起绿纹波些！

4

文豹异饰，
侍陂陁些！（pō tuó）
轩辌既低，（liáng）
步骑罗些！

卫士身穿豹纹异彩戎衣，
侍卫巡逻在高岗山坳些！
高蓬卧车已经抵达禁地，
步兵骑士排列车前后些！

5

兰薄户树[①]，
琼木篱些！
魂兮归来，
何远为些！

①**兰薄**：即丛生的兰草。古人谓丛木曰林，草木丛生曰薄。

丛丛兰花栽植宫门前，
玉树篱笆围护离宫些！
魂儿归来吧，
君为何远去魂不归些！

第三大段

提示：陈列楚怀王家族尊君，设琼浆玉液，美味佳肴；男女杂坐，听歌赏舞；下棋赌博以及吃喝玩乐。寓怀王纸醉金迷的生活。

（一）

1

室家遂宗，
食多方些！
　　zī zhuō
稻粢穱麦，
rú
挐黄粱些！

宗族户户尊族长，
饮食制作多妙方些！

稻米小米早熟麦，
搀杂黄粱饭飘香些！

2

大苦咸酸，
辛甘行些！
肥牛之腱，
臑若芳些！

美食滋味苦咸酸，
辛辣甘甜可口些！
肥牛筋头腱子肉，
炖煮烂熟喷香些！

3

和酸若苦①，
陈吴羹些！
胹鳖炮(bāo)羔，
有柘(yòuzhè)浆些！

①**和酸若苦**：调和酸醋与苦瓜汁。**若**：此处义为连词“与”。《史记·武安侯传》：“愿取吴王若（与）将军头以报父之仇。”

调和一些酸醋与苦瓜汁，
陈列吴地制法的菜羹些！
清炖甲鱼炮烤小羊羔，
又淋浇少量甘蔗汁些！

4

酸鹄(hú)臇(juǎn)凫(fú)，
煎鸿鸧(cāng)些！
露鸡臛(huò)蠵(xī)，
厉而不爽些！

醋烹天鹅清炖野鸭，
香油煎炸大鸧鸹些！
风干鸡烟熏珧瑁龟，
味浓烈却不伤身些！

5

粔(jù)籹(nǚ)蜜饵，
有𫗠(zhāng)餭些！
瑶浆蜜勺(zhuó)[1]，
实羽觞些！

①**蜜勺**：洪兴祖《补注》曰："勺，音酌。"一义为酒杯。此处"蜜勺"与"瑶浆"并称，可视作"蜜酒"。

油炸馓子和蜜饵，
还有麦芽饴糖些！
陈酿琼浆与蜜酒，
一一斟满羽觞些！

6

挫糟冻饮[①]，
zhòu
酎清凉些[②]！
华酌既陈[③]，
yòu
有琼浆些！
魂兮归来，
敬而无妨些！

①**挫糟**：意谓压抑酒糟滗（bì）出纯酒。挫：《老子（五十六章）》："挫其锐（压抑其锐气）。"

②**酎**：醇酒，亦称双套酒。《礼记·月令》："是月也，天子饮酎，用礼乐。"杨天宇《注》："酎之言醇也，谓重釀之酒也。"

③**华酌**：雕饰花纹的酒爵。华：花纹。酌：此处用作名词，指酒爵。

去除糟沫冰冷饮，
醇酒香且清凉些！
花纹酒爵皆摆齐，
又已斟满玉液琼浆些！
魂儿，归来，
宗族敬君无害些！

（二）

提示：此段落言饮食场面尚未撤去，乐队伴奏、歌女演唱雅曲新歌、舞女边舞边唱，以助饮食后之雅兴。又以此作**“招魂”**之词诱**“魂”**归来。

1

肴羞未通[①]，
女乐罗些！
陈钟按鼓，
造新歌些！
《涉江》《采菱》
发《阳阿》些！

①**肴**：鱼肉之类的荤食。**羞**：通“馐”，味美的食物。**“肴”**、**“羞”**连文，即“美味佳肴”、“珍馐美味”。**未通**：未全，未上全。**通**：全。《孟子·离娄（下）》：“匡章，通（全）国皆称不孝焉！”

美味佳肴未曾上全，
歌女乐队已排列些！
敲击编钟击打堂鼓，
借用古曲造新歌些！
《涉江》《采菱》才唱罢，
又唱古曲《阳阿》些！

2

美人既醉，
tuó
朱颜酡些！
xī miǎo
娭光眇视，
céng
目曾波些！

美人已经微微醉，
红颜更显红亮亮些！
醉眼嬉光眯眯看，
目光层层闪秋波些！

3

pī xiān
被文服纤，
丽而不奇些！
jiǎn
长髮曼鬋，

艳陆离些！

披锦花衣穿细软裳，
俏丽而不显怪异些！
长鬓靓丽鬓鬓润泽，
chāi
其首饰簪钗斑斓些！

4

二八齐容，
起郑舞些！
衽若交竿，
抚案下些！

八对舞女同样仪容，
翩翩舞起郑地舞些！
舞袖高旋恍若交竿，
拍手按胸退下场些！

5

竽瑟狂舞，
搷鸣鼓些！
宫庭震惊，
发《激楚》些！

吴歈蔡讴，
奏大吕些！

吹竽鼓瑟欢快合奏，
鼓师击鼓鼓狂鸣些！
鼓乐齐鸣宫庭震惊，
只因《激楚》发激情些！
吴地名歌蔡地名曲，
以大吕之音演奏些！

6

士女杂坐，
乱而不分些！
放陈组缨，
斑其相纷些！

男士女郎比肩并膝坐，
皆乱而不分男女些！
解下衣带帽缨而乱放，
其色彩斑驳纷杂些！

7

郑卫妖玩，

来杂陈些！
《激楚》之结，
独秀先些！

郑卫妖艳的民歌曲，
也引来间杂演奏些！
结尾《激楚》旋律恢宏，
唯独此曲优先曲些！

（三）

提示： 此段落以往日怀王的喜好——弈棋、赌博、在音乐声中饮酒取乐、佞臣奸徒乘酒力赋诗歌功颂德等情节，招怀王之魂归来。喻怀王不理国政，荒于行乐。

1

琨蔽象棋①，
有六博些！
分曹并进，
遒相迫些！
成枭而牟②，
呼五白些！
晋制犀比③，
费白日些④！

①**琨蔽**：镶玉的博具——筹码。**象棋**：指象牙制作博具——棋子。

②**成枭**：古代博采名，“成枭”者胜。**牟**：王逸《章句》曰：“倍胜为牟。”即今日所言“翻翻”，指加倍获胜。

③**犀比**：黄金制成的腰间衣带钩。春秋战国时期北方游牧民传入中原。古书上言带钩有“师比”、“胥纰”、“犀毗”、“犀比”等多种名称，以晋国制造的黄金带钩最有名。

④**费**：通“曊”，义为“照耀”。

玉镶筹码象牙棋子，
每人有六枚棋子些！
分组二人并行博弈，
彼此投子互逼进些！
博弈双方皆已成枭，
轮呼五白定输赢些！
赢得古晋所制黄金带钩，
太阳照耀光闪闪些！

2

铿（kēng）钟摇虡（jù）[①]，
揳（jiá）梓瑟些！
娱酒不废，
沈（chén）日夜些！

①**铿钟**：撞钟。**铿**：撞也；以象声词作动词用，指撞钟。**摇虡**：支撑簨（sǔn）。（悬挂钟、鼓、磬之木架当中横架）的两根立柱。简而言之，"虡"即钟架。

乐师撞钟悬钟摇钟架，
琴师狂弹梓木古瑟些！
饮酒取乐兴致不减弱，
日夜沉醉乐中无忧些！

3

兰膏明烛，
华镫错些！
结撰至思，
兰芳假些！
人有所极，
同心赋些！
酎饮尽欢，
乐先故些！
魂兮归来，
反故居些！

兰香油脂制造的明亮蜡烛，
华丽灯台雕饰鸟兽花纹些！

群臣精思构撰赞君之诗文，
假借兰花芳草美言丽辞些！
人人都有所极妙赞语，
皆同心拥君吟咏其辞赋些！
醇香美酒畅饮尽狂欢，
以君先前喜好取乐些！
魂儿快归来，
返回您久违的故居些！

乱曰：

提示：“乱曰”之“乱”，古代诗赋的尾声。第一小节，屈子言其所处的时间与地区之环境；第二小节，言君王在江南云梦泽狩猎犀牛，喻过去怀王、当下顷襄王不务国政，常常耽于游猎；第三小节，屈子言自己**“伤春心”、“哀江南”**，依然流露着**《离骚》**忧国忧民之情结。由此亦可知《招魂》是屈所著，当无疑。

1

献岁发春兮汩(yù)吾南征，
绿蘋(pín)齐叶兮白芷生。
路贯庐江兮左长薄，
倚沼畦瀛兮遥望博。

新年开春啊我急速向南行，
绿蘋叶浮水面啊白芷萌生。
路穿庐江其左侧长林莽莽，
靠近水田犹大泽遥望无穷。

2

青骊结驷兮齐千乘(sheng)，
悬火延起兮玄颜烝。
步及骤处兮诱骋先，
抑骛若通兮引车右还(xuán)。
与王趋梦兮课后先，
君王亲发兮青兕(sì)殚！

纯黑四马驾战车聚集千乘，
火炬蜿蜒高举啊黑烟蒸腾。
步兵至奔车处诱兕驰争先，
控制奔驰顺通兮引车右转。
与王趋梦泽考察谁后谁先，
君王亲自射啊青兕性命殚！

3

朱明承夜兮时不淹，

皋(gāo)兰被(pī)径兮斯路渐(qián)。
湛湛江水兮上有枫，
目极千里兮伤春心。
魂兮归来，哀江南！

白天接黑夜呀时光不留淹，
泽兰覆田径啊道路不再现！
深沉的江水哟岸上有青枫，
放眼千里楚国地啊伤春心。
魂儿哟归来吧一同哀江南！

卜　居

题　解

“卜居”，原义为借占卜选择宜于定居之地。而屈子之《**卜居**》，则是借**“卜居”**之“名”，言居于世道混浊的人世间，做人处世何去何从之“实”。是故屈子之《**卜居**》，皆系愤懑之中的明知故“卜”——类同其《**离骚**》中问卜于**“灵氛”**、《**惜诵**》中问卜于**“厉神”**之艺术化的明知而故**“卜”**，借以肯定“是”，否定“非”。《**卜居**》之**“卜”**，乃是屈子以其哲人思想家朴素的人本意识，假借卜官郑詹尹之口，彻底否定“占卜”的鬼把戏。

《**卜居**》之主旨依然如《**离骚**》一样，一言以蔽之：意在排忧抒愤、抗志扬德而以警世。

（一）

屈原既放三年，

不得复见。

竭知(zhì)尽忠，

而蔽障于谗。

心烦虑乱，

不知所从。

往见太卜郑詹尹，

曰："余有所疑，

愿因先生决之。"

詹尹乃端策拂龟，

曰："君将何以教之？"

屈原已经被怀王放逐多年，

不得回郢都再与怀王相见。

他为楚国竭尽才智与忠诚，

而楚王却蔽障于诽语谗言。

他心中烦闷思虑纷乱，

不知何去何从。

往见太卜郑詹尹，

说："我有些疑惑之事，

愿由先生能为我决断之。"

詹尹于是摆正蓍(shī)草拂去龟甲土，

说："您有何难事请指教之？"

（二）

提示：此段落，屈子先以一反一正的为人处世激愤地问卜；结尾以正面直斥世道混浊、是非颠倒而发问。由此可知，具有人本意识和朴素唯物观的屈子不信占卜之术，明矣。妙哉！

屈原曰：

“吾宁(nìng)悃悃款款朴以忠乎？
将送往劳来斯无穷乎？
宁诛锄草茅以力耕乎？
将游大人以成名乎？
宁正言不讳以危身乎？
将从俗富贵以媮生乎？
宁超然高举以保真乎？
将哫(zú)訾(zǐ)栗斯，喔(wò)咿嚅(rú)唲(ér)以事妇人乎？
宁廉洁正直以自清乎？
将突梯滑稽，如脂如韦，以洁楹乎？
宁昂昂若千里之驹乎？
将泛泛若水中之凫，
与波上下，偷以全吾躯乎？
宁与骐骥亢轭乎？
将随驽马之迹乎？

宁与黄鹄比翼乎？
将与鸡鹜争食乎？
此孰吉孰凶？
何去何从？
世溷浊而不清：
蝉翼为重，千钧为轻！
黄钟毁弃，瓦釜雷鸣！
谗人高张，贤士无名！
吁嗟默默兮，
谁知吾之廉贞！

屈原说：

“我宁愿诚实质朴而保持忠厚呢，
还是送往迎来虚以应酬无尽无休呢？
我宁可铲除茅草去耕田呢，
还是去游说权贵以谋求成名呢？
我宁肯直言不讳而危及性命呢，
还是从俗求富贵以安乐一生呢？
我宁可远走高飞以保持纯真呢，
还是阿谀猥琐去侍奉那妇人呢？
我宁愿廉洁正直以自守清高呢，
还是油嘴滑舌且点头哈腰去逢迎呢？
还是像那水波泛泛中的野鸭子，

随波逐流偷以苟全吾躯呢？
是宁可与骏马并驾齐驱呢，
还是跟随劣马足迹而行呢？
是宁肯与黄鹤比翼齐飞呢，
还是去与家鸡野鸭争食呢？
这一切哪是吉哪是凶？
哪些该摈弃？哪些该遵从？
世态混浊而是非不清：
视蝉翼为重，视千钧为轻！

洪亮黄钟遭毁弃！
残瓦破锅敲得如雷鸣！
谗佞之徒嚣张于朝廷，
贤达之士则埋没无名！
呜呼，默默复默默呦，
有谁知道我之廉洁而忠贞！

（三）

提示：此段落，通过郑詹尹**“释策而谢”**，及其所言六个**“有所”**和**“龟策诚不能知此事”**，屈子巧妙地展示其借**“卜居”**之名排忧抒愤抗志扬德，又以其哲人的朴素唯物观，否定占卜术，不迷信神灵。

詹尹乃释策而谢曰：
“夫尺有所短，
寸有所长，
物有所不足，
智有所不明，
数有所不逮，
神有所不通，
用君之心，
行君之意，
龟策诚不能知此事。”

詹尹于是放下筮草龟壳辞谢说：
“尺比寸长而有时也有所短，
寸比尺短却有时也有所长；
事物有时也有所不足，
智能有时也有所不明；
命运有时也有所不济，
神灵有时也有所不通。
运用先生之良心，
施行先生之意志，
龟壳筮草实在不能知此事。”

渔　父

题　解

“渔父”：捕鱼的老人，渔翁。**“父”** 读 fǔ，楚地对老人的尊称。《方言》：“凡尊老，南楚谓之父。”在战国争雄的年代，知识分子中出现两种截然不同的处世哲学观——一是匡国安民，锐意进取，抨击时弊，以警世人；一是明哲保身，知难而退，嘲讽志士，以示清介。

楚国多隐士。**《渔父》**情况类似《论语·微子》所载：“楚狂接舆歌而过孔子曰：‘凤兮凤兮，何之衰……’”很可能屈子被从汉北放逐江南，在沅湘流域偶遇隐士 **“渔父”**，便又以散文诗的形式，戏剧化的艺术手法，揭示两种为人处世的哲学观，展示自己 **“宁赴湘流”**，也不苟且偷生 **“蒙世俗之尘埃”**。**《渔父》** 同 **《卜居》**，其主旨亦 **《离骚》** 也！

（一）

屈原既放，
游于江潭，
行吟泽畔。
颜色憔悴，
形容枯槁。

屈原已经被逐放，
游荡在湘江岸边，
行吟在湖泽之畔。
脸色憔悴，
形貌枯槁。

（二）

渔父见而问之曰：
yú
“子非三闾大夫欤？
何故至于斯？”
屈原曰：
“举世皆浊我独清，
众人皆醉我独醒，
是以见放。”

渔父曰：
“圣人不凝滞于物，
而能与世推移。
世人皆浊，
何不淈(gǔ)其泥而扬其波？
众人皆醉，
何不餔(bū)其糟而歠(chuò)其釃？
何故深思高举，
自令放为？”

渔父看见而问屈原说：
“先生不是三闾大夫吗？
何故衰落到如此地步？”
屈原曰：
“整个世道皆混浊唯我独清，
众人皆醉唯有我独醒，
因此被放逐。”
渔父曰：
“圣人者不拘泥于任何事物，
而能与那世道转移而转移，
世道皆混浊，
何不搅浑泥水而掀浪扬波？
众人皆已醉，

何不吃其酒糟而啜其残酒？
何故事事沉思以高举壮志，
而自找被放逐呢？”

（三）

屈原曰：“吾闻之，
新沐者必弹冠，
新浴者必振衣。
安能以身之察察，
受物之汶(wèn)汶者乎？
宁赴湘流葬于江鱼之腹中。
安能以皓皓之白，
而蒙世俗之尘埃乎？”

屈原说：“我听说，
刚洗完头必须弹掉帽子尘土，
刚洗过澡必须抖抖衣服。
岂能让清洁的身体，
受外物玷污呢？
宁愿投入湘江清流葬江鱼之腹，
岂能让我这清白之身，
而蒙受世俗之尘埃？”

（四）

渔父莞(wǎn)尔而笑，
鼓枻(yì)而去。歌曰：
“沧浪之水清兮，
可以濯吾缨；
沧浪之水浊兮，
可以濯吾足。”
遂去，不复与言。

渔父微微一笑，
鼓动船桨而离去，唱道：
“沧浪之水清呀，
可以洗我帽缨；
沧浪之水浑呀，
可以洗我双足。”
于是离开，不再与屈原说话。

第五卷

惜　诵
抽　思
思美人
涉　江
哀　郢
怀　沙
悲回风
惜往日

第五章

惜　诵

题　解

《惜诵》首句**"惜诵以致愍兮"**之**"惜诵"**，既是篇名，又涵盖全篇文意。**"惜诵"**者，简而言之即屈子以痛惜心情，陈述其在朝之日因忠君不贰、敢于直言谏君、蔑视小人而独立不群，遭小人谗言惑君而被刚愎自用的怀王疏放，故写**《惜诵》**以排忧抒愤、抗志扬德。其情色意绪类同**《离骚》**，楚辞学界称之为"小离骚"。

（一）

惜诵以致愍（mǐn）兮，
发愤以抒情。
所非忠而言之兮，
指苍天以为正！

痛惜诉说进谏而招致疏放啊，
抖擞精神以抒发忠君不贰情。
倘若不是以忠心而常进谏啊，
我指苍天来审判依法正罪名！

（二）

令五帝以析(xī)中兮，
戒六神与向服！
俾(bǐ)山川以备御兮，
会咎繇(gāoyáo)使听直！

请令五帝辨析我内心啊，
请告六神都来参与对证事实！
请使山川作为执事官啊，
会同咎繇听我所言是否忠直！

（三）

竭忠诚以事君兮，
反离群而赘肬(zhuìyóu)。
忘儇(xuān)媚以背众兮，
待明君其知之。

竭尽忠诚以侍奉君王啊，
反因远离群小而视我为赘疣。
忘却奸滑谄媚而叛众啊，
待明君能明察我忠心而知之。

（四）

言与行其可迹兮，
情与貌其不变。
故相（xiàng）臣莫若君兮，
所以证之不远。

言论行径都有迹可循啊，
中情与脸色皆里外不变。
是故观臣谁也莫若君啊，
所以证我忠诚无须问天。

（五）

吾谊先君而后身兮，
羌众人之所仇也！
专惟君而无他兮，
又众兆之所雠（chóu）也[①]！

①**众兆**：即“众兆民”。《礼记·内则》：“降德于众兆民。”古代天子曰“兆民”，诸侯曰“万民”。此处**“众兆”**极言群小宠臣人数之多，译作“群小”为宜。**雠**：此处义为“仇敌”。《诗·邶风·谷风》：“不能我慉（xù），反与我为雠”（你不再爱我，反而视我为仇敌）。

我遵道义先君而后自己啊，
却被众宠臣所仇视也！
专心思君安危而无他心啊，
众群小又视为仇敌也！

（六）

壹心而不豫兮，
羌不可保也！
疾亲君而无他兮，
有招祸之道也！

专心忠君而不变心啊，
却不能保护我自身也！
勤快亲君而无他交啊，
又成招灾惹祸之道也！

（七）

思君其莫我忠兮，

忽忘身之贱贫。
事君其不贰兮，
迷不知宠之门。

思虑君王没人比我忠诚啊，
竟忘记无官无禄贱贫之身。
侍奉君王一贯忠贞不贰啊，
迷惘惘不知献媚邀宠之门。

（八）

忠何罪以遇罚兮[①]，
亦非余之所志也！
行不群以颠越兮，
又众兆之所咍（hāi）也！

①**忠何罪**：忠君无罪。此处**“何”**训“无”。《礼记·大学》曰：“《楚书》云：‘楚无（何）以为宝？唯善以为宝’。”

忠君无罪而遭遇罢黜啊，
也不是我所能认知者也！
行不从俗而自高坠地啊，
又被小人之所“嘿嘿”也！

（九）

纷逢尤以离谤兮[①]，
謇(jiǎn)不可释也！
情沉抑而不达兮，
又蔽而莫之白也！

①**纷逢尤**：姜亮夫《屈原赋校注》说："纷逢尤三字，皆以状离谤一语也……逢尤，犹今言蜂涌，尤涌双声之变也。纷逢尤以离谤者，言其所遭诽谤，大为蜂涌也。"汉语无"蜂涌"之说。**逢**：通"烽"。汉·《司马相如传·封禅书》："大汉之德，逢涌原泉。"《注》："逢，读若烽。言如烽火之升，源泉之流。"

遭纷纷之责难又遭诽谤啊，
謇謇却不可以道理解释也！
我心情沉抑而不得通畅呀，
君王又蔽塞而不得辨白也！

（一〇）

忳(tún)郁邑余侘傺(chàchì)兮，
□□□□□□□。
□□□□□□□兮，
又莫察余之中情。

校记：此小节及后一小节与下文辞情不达，辞气不通。故皆以方框补之。

忧伤抑郁我心神恍惚啊。
□□□□□□□□□□□□。
□□□□□□□□□□，
君王又不察我内心之情。

（一一）

□□□□□□□□分，
□□□□□□，
固烦言不可结而诒兮[①]，
愿陈志而无路。

①**诒：**通“贻”。

□□□□□□□□□□，
□□□□□□□□□□。
本来繁言不能结扎而相赠啊，
想面君陈述志向而无路。

（一二）

退静默而莫余知兮，

进号呼又莫吾闻。
申侘傺(chàchì)之烦惑兮，
中闷瞀之忳忳。

退而静默则无人知我心呀，
进而号呼又无人听我呼号。
屡屡失意而心烦意惑呀，
内心苦闷昏沉之忧伤难熬。

（一三）

昔余梦登天兮，
魂中道而无杭。
吾使厉神占(zhān)之兮，
曰："有志极而无旁(bàng)！"

往日我做梦独自登天啊，
魂灵升至中途而失却航向。
我支使神巫占卜梦境啊，
他说："有崇高志向而无人相帮！"

（一四）

"终危独以离异兮？"
曰："君可思而不可恃！"

故众口其铄金兮，
初若是而逢殆！

我问："终孤独而与君王离别吗？"
他说："君王可思念而不可依赖！
向来众口谗言它能熔化黄金呀，
起初你就是这样遭诽谤而逢灾！

（一五）

"惩于羹而吹齑(jī)兮，
何不变此志也！
欲释阶而登天兮，
犹有曩(nǎng)之态也！

"警戒于热羹烫舌而吹姜蒜啊，
何不改变事君不贰之志也！
想弃阶梯而登天啊，
依然尚有往日不群之态也！

（一六）

"众骇遽(hài jù)以离心兮，
又何以为此伴也？

同极而异路兮，
又何以为此援也？”

“众骇惧你言行乃与你离心啊，
又怎能与你如此言行相伴也？
同朝事君而所选门路不同啊，
又怎能为你如此言行声援也？”

（一七）

晋申生之孝子兮，
父信谗而不好。[①]
行婞直而不豫兮，
鲧功用而不就。

①晋献公欲立其孝子申生为太子。献公宠妃骊姬欲立其子奚齐为太子，便以下毒之计谋栽赃申生欲毒死献公。献公中计，逼迫申生自杀。重耳让申生说明真相，申生说：“不可。君安骊姬（父王以骊姬为自己的快乐安康），是我伤公之心也。”申生委托伯氏关照老父，尔后自缢。

申生是晋献公的大孝子啊，
父信骊姬谗言逼迫申生自戮。
鲧性格耿直而不知欺瞒啊，

治水之功绩因而不视作成就。

（一八）

吾闻作忠以造怨兮，
忽谓之过言。
九折臂而成良医兮，
吾至今而知其信然！

我闻坚守忠诚是在造怨哟，
心不在意谓之过虑之言。
人云九折臂而成为良医啊，
我如今才知道果不其然！

（一九）

矰弋(yì)机而在上兮，
罻罗张而在下！
设张辟以娱君兮，
愿侧身而无所！

箭矢射机而安在陷阱上面啊，
罗网张开而安在陷阱下方！
安排罗网机弩以娱悦君王啊，

愿侧身离开而无处躲藏！

（二〇）

欲儃(chán)佪以干傺(gānchì)兮，
恐重(chóng)患而离尤！
欲高飞而远集兮，
君罔谓“汝何之”？

想淹留郢都以求取起用啊，
又恐怕重患婞直而遭灾殃！
想奋翅高飞而远栖云松啊，
君王会不会说“你要去何邦”？

（二一）

欲横奔而失路兮，
盖志坚而不忍！
背膺牉(yīngpàn)以交痛兮，
心郁结而纡轸(yū zhěn)！

想横奔狂跑而失正路啊，
盖因心志坚贞而于心不忍！

胸背分裂而交相疼痛啊，
心头郁结忧愤而隐痛绞心！

（二二）

捣木兰以矫蕙兮，
糳（zuò）申椒以为粮。
播江离与滋菊兮，
愿春日以为糗芳。

捣细木兰以糅合兰蕙啊，
舂碎申椒用作为远行食粮。
播种江离与培植芳菊啊，
盼到春天作为芳香的干粮。

（二三）

□□□□□□□兮，
□□□□□□□。
恐情质之不信兮，
故重著以自明。

□□□□□□□□□□□□□□，
□□□□□□□□□□□□□□。

恐衷情昭质其不被相信啊，
故郑重陈述以事实去证明。

校记：“恐情质之不信兮，故重著以自明”，出语突兀，且与下文开头**“愿曾逝而远身兮，矫兹媚以私处”**不叶韵。故以方框补之。”

（二四）

愿曾(zēng)逝而远身兮，
矫兹媚以私处。
世溷(hùn)浊而莫余知兮，
吾方高驰而不顾。

愿高飞而远隐吾身啊，
采这妩媚香草以独自私处。
世混浊而不知我心啊，
我将要驰骋高天而不回顾。

校记：闻一多《九章解诂》注：“前二句今本作‘矫兹媚以私处兮，愿曾思而远身’。当互易；（下文）《涉江篇》‘世溷浊而莫余知兮，吾方高驰而不顾’二句，原在本篇末，当移置于此：处、顾为韵”。言之有理，故从而订正之。

（二五）

乱曰：

1

驾青虬(qiú)兮骖(cān)白螭，
被(pī)明月兮珮宝璐。
□□□兮□□□，
吾与重华游兮瑶之圃。

驾驭青龙啊边套配白螭，
身披明月珠啊腰间佩宝璐。
□□□□□□□□□□，
我与重华漫游啊瑶花之圃。

校记：此节疑有错简、脱漏或传抄讹误，以方框补之。

2

□□□兮□□□，

登昆仑兮食玉英(yāng)。
与天地比寿，
与日月齐光。

□□□□□□□□□□□□，
登昆仑啊食琼树之玉英。
我要与天地啊比寿长，
我要与日月啊齐放光。

校记：此小节亦混在《涉江》中，从闻一多移至此处，字顺文通。

抽　思

题　解

《抽思》，大抵是屈子在楚怀王时期被流放到汉北所作。**“抽思”**者，即篇中**《小歌》**所云**“与美人抽怨兮”**之**“抽怨”**，亦即抽绎出心中怨君思君，盼望能返回郢都而**“人心不与吾心同”**的万端思绪。既有清醒中哀叹：**“昔君与我成言兮，曰黄昏以为期”**，**“羌中道而回畔兮，反既有此他志”**的幽怨；又在梦境感慨：**“惟郢路之辽远兮，魂一夕而九逝”**，**“何灵魂之信直兮，人心不与吾心同”**之希冀入朝而无望的凄情。在艺术表现手法上，咏叹中又别出心裁地采用**“小歌”**、**“唱曰”**与**“乱曰”**来歌咏，使其缕缕愁思纠结盘绕，缠绵悱恻，令人读之动容。

（一）

心郁郁之忧思兮，
独永叹而增伤。

思蹇产而不释兮，
曼遭夜之方长。

心中郁闷其忧思缭绕啊，
独自长叹呀又增添悲伤。
思绪屈曲而难以释怀啊，
遭受这黑夜漫漫之方长。

（二）

悲秋风之动容兮，
何回极之浮浮！
数（shuò）惟荪之多怒兮，
伤余心之慢慢（yōu）[①]！

①**慢慢**：与**“伤”**关联，义为“疼痛”。“慢慢”相叠，则意谓“隐隐作痛”。**慢**：《集韵》：“於九初，音黝。”

悲秋风瑟瑟摧人容颜老啊，
何等斗转星移银河之浮浮！
每每想到君王您之多怒啊，
刺伤我那忠心其疼痛悠悠！

（三）

愿摇起而横奔兮，
览民尤以自镇。
结微情以陈词兮，
挢以遗夫美人。

想扶摇腾起而疯狂横奔啊，
看见黎民在遭难而以自镇。
集结我幽情以陈述心语呀，
捧举辞章以赠夫高贵美人。

（四）

昔君与我成言兮，
曰黄昏以为期。
羌中道而回畔兮，
反既有此他志①。

①楚怀王本已经接受了屈原“联齐抗秦”的谋略，而在屈原第二次出使齐国之时，楚怀王受到秦臣张仪的蛊惑：“（楚）闭关绝约于齐，臣请献商於之地六百里……怀王大悦而许之。”楚绝齐之后，派使者赴秦索六百里领地，张仪说：“臣有奉地六里，愿以

献大王。”怀王**“有此他志”**者，即楚怀王放弃了屈原所主张六国联合抗秦的“合纵”政策，以及背叛了向屈原**“曰黄昏以为期”**的**“成言”**。

想当年君王与我说定啊，
说重用我直到年老近黄昏。
中途你背叛当年约定啊，
背转身已有此亲秦之异心。

（五）

骄吾以其美好兮，
览余以其修姱。
与余言而不信兮①，
盍为余而造怒？

①**与余言而不信**：此句有两层意思：一是楚怀王信任屈原，曾向屈原表示**“曰黄昏以为期”**——君臣相伴到老；一是谋士苏秦游说六国诸侯联合起来抗秦，秦在西方，六国土地南北相连，故称“合纵”，楚怀王为合纵长，派遣屈原两次出使齐国。屈原第二次从齐国归来时，楚怀王已中了秦相张仪诡计，与齐绝交。显然，主张联齐抗秦的屈子，必然表示反对而遭到免职、疏放。此说乃根据此小节所言**“与余言而不信兮，盍为余而造怒”**生发出的推理之说，与汉·司马迁《史记·屈原列传》所言上官大夫诬陷屈原摆功，“怀王怒而疏放屈原”不相同。备此一说，就教于

方家。

向我骄傲其战略多么美好，
让我观赏其心境洁美妖娆。
与我成言合纵而不守信用啊，
为何因我讲守信而怒火中烧？

（六）

愿承(chèn)闲而自察兮，
心震悼而不敢。
悲夷犹而冀进兮，
心怛(dá)伤之憺(dàn)憺。

愿趁君闲暇而自明心迹啊，
心震惧恐君怒而不敢。
悲叹我犹豫而希望进用啊，
心伤惨痛其焦灼不安。

（七）

历(liè)兹情以陈辞兮，
荪佯聋而不闻。

固切(qiè)人之不媚兮，
众果以我为患。

列举我这衷情以陈心声啊，
君王您却装聋而不闻。
固执切谏者是言而不媚啊，
群小竟然视我为祸患。

（八）

初吾所陈之耿著兮，
岂至今其庸忘！
何独乐斯之謇謇兮[①]，
愿荪美之可光！

①**謇謇**：口吃。说话急躁而结巴。此处表心情急切。

当初我所陈政见其光明昭著啊，
怎么时至今日都被您遗忘！
我为何唯独乐意这直言切谏啊，
是愿您施美政则可以发光！

（九）

望三王以为像兮，

指彭咸以为仪。
夫何极而不至兮，
故远闻而难亏。

君当仰望远祖三王作为榜样啊，
臣当指望彭咸以之为楷模。
没什么光辉顶点不可以达到啊，
是故芳名远闻而难以亏折。

（一〇）

善不由外来兮，
名不可以虚作。
孰无施而有报兮，
孰不实而有获？

善心善行不由外来啊，
美名不可以弄假虚作。
谁不施美政而有好报呢，
谁不培育果实而有收获？

（一一）

小歌曰：

与美人抽怨兮，
并日夜而无正。
骄吾以其美好兮，
傲朕辞而不听！

向美人吐露我缕缕哀怨啊，
日以继夜而是非不予辨正。
却向我骄傲其才智美好啊，
傲视我陈辞而不予以倾听！

（一二）

唱曰：

1

有鸟自南兮，
来集汉北。
好姱佳丽兮，
pàn
牉独处此异域！

有鸟来自南方啊，
栖息在这汉水之北。
好修美之佳丽啊，
被隔离独处此异域！

2

既惸(qióng)独而不群兮，
又无良媒在其侧。
道卓远而日忘兮，
愿自申而不得。

我已守孤独而不屑于随群啊，
又无良媒在君之侧。
路遥远日久天长君已遗忘啦，
愿亲自申诉而不得。

3

□□□□□□□兮，
□□□□□□□。
望北山而流涕兮，
临流水而太息。

□□□□□□□□□□□，
□□□□□□□□□□□。
遥望郢都北山而流泪啊，
身临这汉江流水而叹息！

校记：从文情文势走向及二进叶韵上考量，本篇疑所脱落的两句当在此节，故以方框补之。

4

望孟夏之短夜兮，
何晦明之若岁？
惟郢路之辽远兮，
魂一夕而九逝！

眼睁睁熬着孟夏之短夜啊，
为何天黑天亮好像是一年？
虽然赴郢路途它很遥远啊，
梦中灵魂一夜而赴郢九遍！

5

曾不知路之曲直兮，
南指月与列星①。
愿径逝而未得兮，
魂识路之营营。

①**列星**：恒星星座。中国古代天文学家把黄道（日月所经天区）的恒星座，称之为二十八宿（xiù），四方各有七宿。南方七宿

的总名称为“朱雀”。

我竟不知返郢路途之曲直啊，
遥望南天月亮与朱雀星。
总希望径直返郢而办不到啊，
魂灵识路一夜往来不停。

6

何灵魂之信直兮，
人之心不与吾心同！
理弱而媒不通兮[①]，
尚不知余之从容[②]！

①**理**：使者，通信人。《左传·昭公十三年》：“行理之命（通信人传达命令），无月不至。”

②**从容**：此处义为“举动”。汉·王逸《章句》在《怀沙》中注释“从容”曰：“从容，举动也……谁得知我举动欲行忠信也。”

为何我的灵魂它信任直径啊，
人之心与我爱国之心不相同！
通信人软弱而媒介不疏通啊，
尚不知我的举动想报国尽忠！

（十三）

乱曰（尾声）：

1

长濑湍流，

泝(sù)江浔(xún)兮！

狂顾南行，

聊以娱心兮！

长滩水浅流速湍急，

沿江边逆向返回家门呀！

狂顾左右往南奔走，

聊以娱乐我思郢之心呀！

2

轸石崴嵬，

蹇吾愿兮。

超回志度，

行隐进兮。

陌路乱石错落难以行走，

阻碍我归郢心愿啊。
或超越或回旋揣摩探路，
行动隐隐向前进啊。

3

低佪夷犹，
宿北姑兮。
烦冤瞀容，
实沛徂兮！

往来徘徊迟疑不敢向前行，
住宿在汉北之北姑啊。
心烦闷眼迷蒙满脸堆愁容，
是欲随水迅速流去呀！

4

愁叹苦神，
灵遥思兮！
路远处幽，
又无行媒兮！

凝愁哀叹劳心苦神，

心灵遥思遐想回郢都啊！
路途遥远贬所幽深，
又无通君者代我申诉啊！

5

道思作颂[1]，
聊以自救兮！
忧心不遂，
斯言谁告兮！

①**颂**：古代通**“诵”**。《孟子·万章（下）》：“颂其诗，读其书。”

诉说幽思作此诵，
姑且借诵以自救啊！
忧心表白不达意，
此诵之言向谁哭啊！

思美人

题　解

“思美人”之**“美人”**，系礼仪性表敬意的称呼，指楚怀王。清·蒋骥注释**《思美人》**说：“此亦怀王时斥居汉北之辞，盖继《抽思》而作者也。美人，即《抽思》所欲陈词之‘美人’也。”洪兴祖《楚辞补注》说：“此章言已思念其君，不能自达，然反观初志，不可变易，益自修饰，死而后已也。”

（一）

思美人兮，
揽涕而伫眙（zhùchì）。
媒绝路阻兮，
言不可结而诒（yí）。

思念那郢都美人啊，
擦干涕泪而伫立直视。
媒人断绝路阻隔啊，
心语不能编结赠君知。

（二）

蹇蹇之烦冤兮，
陷滞而不发。
申旦以舒中情兮，
志沉菀而莫达。

心头拥塞着冤屈之烦恼啊，
陷滞心中而不能迸发。
通宵达旦以舒忠君之情啊，
情志沉郁而不得上达。

（三）

愿寄言于浮云兮，
遇丰隆而不将。
因归鸟而致辞兮，
羌迅高而难当。

想托浮云传话向美人谈心啊，
遇到那云神而不肯相帮。
想借助归雁而向美人致辞啊，
雁迅奋高飞而难以遇上。

（四）

高辛之灵盛兮，
遭玄鸟而致诒。
欲变节以从俗兮，
愧易初而屈志！

帝喾（kù）高辛其福气旺盛啊，
得遇燕子给他的美人送聘礼。
乱想改变节操而从俗啊，
我知羞岂能变易初衷而丧志！

（五）

独历年而离愍（mǐn）兮，
羌冯（píng）心犹未化。
宁隐闵而寿考兮，
何变易之可为！

独有我年年遭忧患啊，
那满腔愤懑依然未解脱。
宁隐忍忧愤而寿终啊，
变更当初之志岂可去做！

（六）

知前辙之不遂兮，
未改此度也①！
车既覆而马颠兮，
蹇独怀此异路②！

①**未改此度**：承上句，未改变这忠君直言之法度。以行车受阻，喻不改因忠君而直言相谏之守则。

②**蹇**：此处义为“却”。裴学海《古书虚字集解》引《新方言》说：“蹇一为口语‘却’字之义。”

明知往日车辙之不顺遂啊，
未改这忠君直言之法度也！
虽然车翻马仆而路艰险啊，
却唯独怀恋这与众与不同异路也！

（七）

lē
勒骐骥而更驾兮，

造父为我操之。

qūn

迁逡次而勿驱兮，

jiǎ

聊假日以须时。

套上骐骥而再驾起车啊，

fǔ

恭请造父为我执辔操之。

迁延逗留不必忙驱赶啊，

姑且假借时日以待时机。

（八）

□□□□□□兮，

□□□□□□□。

bō zhǒng wēi

指嶓冢之西隈兮，

与纁黄以为期。

□□□□□□□□□□，

□□□□□□□□□□。

指定嶓冢山之西山弯啊，

以黄昏作为到达之时间。

校记：此小节出语突兀，疑脱漏前两句，故以方框补之。

（九）

开春发岁兮，
白日出之悠悠。
吾且荡志而愉乐兮，
遵江夏以娱忧。

春回大地新年又发岁啦，
晴日初升之运行慢悠悠。
我且荡漾心志而愉乐呀，
沿长江夏水以娱戏忧愁。

（一〇）

揽大薄之芳茝兮，
搴长洲之宿莽。
惜吾不及古人兮，
吾谁与玩斯遗芳。

收揽丛林中芳香的白芷啊，
採取长洲上冻不死的宿莽。
可惜我生不与古人同时啊，
我与谁赏玩这经霜的遗芳。

（一一）

解萹薄与杂菜兮，
备以为交佩。
佩缤纷以缭转兮，
遂萎绝而离异。

俗人折取野草与杂菜啊，
备以拧绞成一条条佩带。
佩带乱纷纷缠绕周身啊，
终归枯萎断绝条条衰败。

（一二）

chánhuí
吾且儃佪以娱忧兮，
观南人之变态①。
窃快在中心兮，
píng sì
扬厥冯而不俟。

①**南人**：此处特指靳尚、郑袖以及子兰、上官大夫等诬陷屈原的党人们。

我暂且转悠以娱戏忧愁啊，

观南人权贵们行为之变态。
窃喜离群快意荡漾心中啊，
扬弃满腔愤懑而不再等待。

（一三）

□□□□□□兮，
□□□□□□。
芳与泽其杂糅兮，
羌芳华自中出。

□□□□□□□□□□啊，
□□□□□□□□□□□。
芳香与汗气杂糅在一起啊，
那芳香依然自杂糅中飘出。

校记：闻一多《楚辞校补》注："出字不入韵，疑二句上或下脱去二句"。姜亮夫《屈原赋校注》说："以芳与泽句义审之，则脱句当在二句之上。"言之有理，故以方框补之。

（一四）

芬郁郁其远蒸兮，
满内而外扬。
情与质信可保兮，

羌居蔽而闻（wèn）章①。

①**羌**：发语词。此处可译为“则”。**居蔽**：居处（chǔ）隐蔽。**闻**：名誉，名声。《诗·大雅·卷阿》：“如圭如璋，令闻令望（有美好的名声，有美好的声望）。”**闻章**：名誉、声望更加显扬。**章**：同“彰”，弥彰。

芳香郁郁其远远蒸腾啊，
馨香满内而香气则外扬。
真情与朴质确实可保啊，
则居处（chǔ）隐蔽而名声弥彰。

（一五）

令薜荔以为理兮，
惮（dàn）举趾而缘木。
因芙蓉以为媒兮，
惮褰裳而濡（rú）足。

若令木莲作为信使啊，
恐抬脚缘木而被视为攀附。
若借荷花作为媒介啊，
恐提裙邀莲而浸泡我双足。

（一六）

登高吾不悦兮，
入下吾不能。
固朕形之不服兮[①]，
然容与而狐疑。

①**形：**疑为**“性”**。王逸《章句》注曰：“我性婞直，不曲挠也。”姑且按“悻直”译之。

登高攀附我心不悦啊，
入下从俗而我所不能为。
原本我婞直不屈服啊，
于此曾犹豫而又有狐疑。

（尾声）

1

广遂前画兮，
未改此度也！
命则处幽兮，
□□□□也！

曾想全面实现先前之谋划啊，
从未改变匡国安民之法度也！
命途坎坷则处于幽寂之境啊，
□□□□□□□□□□□□也！

2

□□□吾将罢兮，
愿及白日之未暮也[①]，
独茕(qióng)茕而南行兮，
思彭咸之故也[②]！

①**白日**：此处泛指年华、时光。汉·王符《潜夫论·浮侈》：“坐食嘉谷，消费白日，毁败成功。”

②**彭咸**：王逸《章句》说：“殷（商朝）贤大夫，谏其君（纣王）不听，自投水而死。”

□□□□我将结束啦，
愿趁年华尚未垂暮呀，
独自孤零零而南行啊，
思彭咸做人之故事也！

校记：此尾声有脱句漏字，校补详见拙著《屈原赋辨译·九章卷》小文《议〈思美人〉结尾脱句漏字》。

涉　江

题　解

从**《涉江》**这一题目及其所表述的近乎绝望的内容上考量，当是屈子被怀王之子顷襄王弃逐到江南湘西之后所作。游国恩《楚辞概论》说："……'且余将济乎江湘'。他的路线是由鄂渚至方林，渡洞庭，上溯沅水，更南经枉渚，至辰阳，复东至溆浦"，故题《涉江》。篇中述说从鄂渚到溆渚的艰难，以及幽处**"猿狖之所居"**之地的**"愁苦"**，重点抒发愤世绝望之悲情。

（一）

余幼好此奇服兮，
年既老而不衰。
带长铗(jiá)之陆离兮，

guànqiè
冠切云之崔嵬。

我自幼喜好这奇美服饰啊，
年岁已衰老而志趣却不衰。
佩长剑其光彩绚丽斑斓啊，
戴切青云冠其壮丽而崔嵬。

校记：汉·王逸《楚辞章句》版本之**《涉江》**第一小节四句之后，自**"被明月兮佩宝璐"**至**"与日月兮齐光"**，本当属于**《惜诵》**之结尾，因错简而混入**《涉江》**，今已移入**《惜诵》**。

（二）

□□□□□□□□兮，
□□□□□□□。
哀南夷之莫吾知兮，
旦吾济乎江湘。

□□□□□□□□□□□□□□，
□□□□□□□□□□□□□□。
哀叹南夷没有人知我心啊，
清晨我将渡过长江渡湘江。

校记：闻一多《楚辞校补》说："湘字不入韵，疑此文上或下脱二句。”言之有理，故按此说以方框补上第一行和第二行。

（三）

zhǔ
乘鄂渚而反顾兮，
āi
欸秋冬之绪风。
步余马于山皋兮，
邸余车乎芳林。

登上鄂渚而回望旅途啊，
叹一路秋末丝丝之绪风。
步我马缓行在山湖畔啊，
停我车于泛红的香木林。

（四）

乘舲船余上沅兮，
bàng
齐吴榜以击汰。
船容与而不进兮，
淹回水而凝滞。

乘坐舲船而上行沅水啊，
船夫齐摇吴榜击浪排涌。
船身起伏而不能前进呀，

淹留逆水而凝滞于浪中。

（五）

朝发枉陼(zhǔ)兮，
夕宿辰阳。
苟余心其端直兮，
虽僻远之何伤。

清晨从枉陼寓所出发啊，
夕阳西下寄宿于辰阳。
诚如我心其端正刚直啊，
虽偏僻边远其有何伤。

（六）

入溆(xù)浦余儃佪兮，
迷不知吾所如。
深林杳(yǎo)以冥冥兮，
乃猨狖(yòu)之所居。

进入溆浦而徘徊不安啊，
迷不知我将该往何处去。

林深杳渺而晦暗昏冥啊，
原本是猿猴族群之所居。

（七）

山峻高以蔽日兮，
下幽晦以多雨。
霰（xiàn）雪纷其无垠（yín）兮，
云霏霏而承宇。

山高峻峭而遮天蔽日啊，
山下幽冥晦暗而多雨。
米雪纷扬其无边无际啊，
阴云纷飞而承接屋宇。

（八）

哀吾生之无乐兮，
幽独处乎山中。
吾不能变心以从俗兮，
固将愁苦而终穷。

哀叹我平生之没有欢乐呀，
暗幽幽独处于深山之中。

因为我不能变心以从俗啊，
注定将愁苦而穷困终生。

（九）

□□□□□兮，
□□□□。
接舆髡首兮，
桑扈裸行。

□□□□□□□□□，
□□□□□□□□□。
接舆愤世铰掉长发呀，
桑扈嫉俗赤身独行。

校记：闻一多《楚辞校补》说：“‘行’不入韵，依例‘接舆髡首’上当缺两句。”所言极是，故以方框补之。

（一〇）

忠不必用兮，
贤不必以[①]。
伍子逢殃兮，
比干菹醢（zū hǎi）。

①**以**：任命。《尚书·立政》："继自今立政，其勿以憸人（不用奸人）。"《说文》："以，用也"。

忠臣不一定必然被启用啊，
贤士不一定必然被任用。
伍员直谏遭赐剑自杀啊，
比干强谏被剁成肉丁。

（一一）

與前世而皆然兮[①]，
吾又何怨乎今之人。
余将董道而不豫兮，
固将重（chóng）昏而终身！

①**與前世**：历数前世。**與**：训作"举"，意为"列举"或"历数"。

历数前世贤人而皆如此哟，
我又何必埋怨当今为君之人。
我将深藏大道而不变志啊，
本当在重重昏昧中了此一生！

（一二）

乱曰：

1

鸾鸟凤凰，
日以远兮！
燕雀乌鹊，
巢堂坛兮！

高尚的鸾鸟凤凰，
一天天的远去了呀！
庸俗的燕雀乌鹊，
筑巢在殿堂圣坛啦！

2

露甲辛夷，
死林薄兮！
腥臊并御，
芳不得薄兮！

锦簇瑞香望春辛夷，

枯死在草木丛生之林也！
腥臊之徒一并启用，
芳洁君子却不得接近也！

3

阴阳易位，
时不当兮！
怀信侘傺（chàchì），
忽乎吾将行兮！

阴阳易位善恶倒置，
我屈原生不逢时哟！
心怀诚信恍惚迷离，
决绝喽我将远行矣！

哀　郢

题　解

《哀郢》写作背景即郢都陷落。《史记·楚世家》载："（顷襄王）二十一年，秦将白起遂拔我郢，烧先王墓夷陵。楚襄王兵散，遂不复战，东北保于陈城。"斯时忧国忧民而被顷襄王逐弃到江南湘西一带的屈子，闻说他魂牵梦绕的郢都陷落，必定痛心疾首。痛定思痛之间，在其听说和想象之中，艺术化地哀郢都庶民百姓流离失所；哀郢都大厦成丘城门荒芜；哀庸君佞臣对秦**"承欢"**；哀自己有生之年不得返故都。辞情辞气辞色流露着哀国哀民万般无奈的哀悼之情。**《哀郢》**辞底之意：哀楚末世王朝混浊；哀楚国末世君王昏庸。

（一）

皇天之不纯命兮，
何百姓之震愆！

民离散而相失兮，
方仲春而东迁！

皇天之天命不纯正啊，
为何震惊百姓弃家逃难！
庶民家破亲人离散啊，
正当春耕时节国都东迁！

（二）

去故乡而就远兮，
遵江夏以流亡。
出国门而轸怀兮，
甲之朝（zhāo）吾以行！

离开故乡而奔向远方啊，
沿着大江夏水而流亡。
出国门而若车辗胸怀啊，
吉日清晨我却去流浪！

（三）

发郢都而去闾兮，
怊（chāo）荒忽其焉极。

jí
楫齐扬以容与兮，
哀见君而不再得。

船发郢都而离开故里啊，
心思恍惚哪里是终点。
齐划短桨船起伏不前啊，
哀叹见君而不得再见面。

（四）

qiū
望长楸而太息兮，
xiàn
涕淫淫而若霰。
过夏首而西浮兮，
顾龙门而不见。

仰望故国高楸而长叹呀，
cén
涕泪涔涔若雪粒沾衫。
船过夏首而向西漂浮啊，
顾望郢都龙门而不见。

（五）

心婵媛而伤怀兮，
miǎo zhuó
眇不知其所蹠。

顺风波以从流兮，
焉洋洋而为客。

①**蹠**：朱熹《集注》：“蹠，音支”（zhí），“叶音灼”（zhuó）。

心眷恋桑梓而伤情怀啊，
渺茫茫竟不知落脚于何所。
顺从风波而随水漫流啊，
于是成为汪洋恣肆漂流客。

（六）

凌阳侯之泛滥兮[①]，
áo
忽翱翔之焉薄。
guà
心絓结而不解兮，
思蹇产而不释。

①**凌**：动词。义为凌驾之“驾”。**阳侯**：波涛之神。神话传说，此神原是陵阳国之侯。其国近水，溺死于水而成神，此神能兴大波，神话谓之“阳侯之波。”是故此**“阳侯”**用作波涛之代称。

船驾陵阳侯泛滥的波涛啊，
忽然像鸟飞不知何处停泊。

心绪牵挂纠结而解不开呀，
哀思屈曲盘绕而难以解脱。

（七）

将运舟而下浮兮，
上洞庭而下江。
去终古之所居兮，
今逍遥而来东。

将调转船头顺水东浮啊，
舟行至洞庭从而入长江。
离开先祖所居的古都啊，
如今漂泊逍遥来向东方。

（八）

羌灵魂之欲归兮，
何须臾而忘返！
背夏浦而西思兮，
哀故都之日远！

灵魂日夜都想回郢都啊，
何曾有片刻而忘返故园！

背向夏浦而西思郢都啊，
哀叹我离故都日行日远！

（九）

登大坟以远望兮，
聊以舒吾忧心。
哀州土之平乐兮，
悲江介之遗风。

登上高堤而眺望乡村啊，
暂且借以舒缓我忧思之心。
哀州土之安乐将会丧失啊，
悲两岸淳朴之遗风亦难存。

（一〇）

当陵阳之焉至兮，
淼南渡之焉如？
曾不知夏之为丘兮①，
孰两东之可芜？

①**夏：**同“厦”（shà），大屋、大殿。

承受陵阳侯惊涛我到哪里啊，
江水浩淼南渡去往何处？
君王竟不知宫殿成为荒丘啊，
又谁知两东门可能荒芜？

（一一）

心不怡之长久兮，
忧与忧其相接[①]。
惟郢路之辽远兮，
江与夏之不可涉。

①**忧与忧**：王逸《章句》书作**“忧与愁”**。朱熹《集注》书作“忧与忧”。注曰：“忧忧相接，首尾如一，继续无已也。”诚哉斯言。**“忧忧相接”**情悲色彩凝重，语势夺人，表现着无可奈何之寒透心的冷幽默；而“忧与愁”相接，则转换了“忧忧”相接之凝重的悲情，失去了艺术语言的凄美与灵气。

心不愉快之长而又久啊，
忧愁与忧愁其一一相接。
想那距郢路程之遥远啊，
长江与夏水之不可再涉。

（一二）

忽若去不信宿兮[①]，

至今九年而不复[②]。

惨郁郁而不通兮，

蹇侘傺（chàchì）而含戚。

①**信宿**：连宿两夜。《左传·庄公三年》："凡师（军队）一宿为'舍'，再宿为"信"，过信为'次'。"《诗·豳（bìn）风·九罭（yù）》："公归不复，于女（汝）信宿（此处留您住两宿（xiǔ）。"

②**九年**：许多年来。此处"九"泛指多数，例如屈赋中**"九畹"、"九阬"、"九首"、"九约"、"九侯"、"九死"。此处"九"非实数，明矣！**

忽儿好像离开郢都不过两夜啊，

至今二十来年而不被复用。

惨郁郁满心压抑心气不通畅啊，

困顿艰难之中而心含悲痛。

（一三）

外承欢之汋（zhuó）约兮，

谌荏（chénrěn）弱而难持。

忠湛（zhàn）湛而愿进兮，
妒被（pī）离而鄣（zhàng）之。

亲秦者对外承欢以媚眼柔言啊，
实乃内心怯懦自信之心而难持。
我的忠心清亮亮而愿君进用啊，
妒妇们挑拨离间而障君启用之。

（一四）

乱曰：

1

曼余目以流观兮，
冀壹反之何时！
鸟飞反故乡兮，
狐死必首丘[①]！

①**首丘**：古代传说狐狸如果死在外面，死前头朝向它的洞穴。喻怀念故土不忘本。《礼记·檀公（上）》：“礼，不忘其本。古之人有言曰：‘狐死正首丘，仁也’。”古代因战乱远迁者，死后埋葬头朝故乡，以示怀念故土，不忘血缘。

尾声：

放眼荒野我流盼观望啊，
希望一返故乡其在何时！
鸟飞暮蔼返故林啊，
狐将死头颅朝故丘！

2

信非吾罪而弃逐兮，
何日夜而忘之！
□□□□□□□兮，
□□□□□□。

我确实无罪而遭放逐抛弃啊，
日日夜夜何曾忘记回归故土！
□□□□□□□□□□□□□，
□□□□□□□□□□□□□！

校记：闻一多《楚辞校补》说："本篇用韵亦以二进，此处时、丘、之三字相叶，于例不合，疑此二句下当有二句，今脱之。"言之有理，故以方框补之。

怀　沙

题　解

篇名《怀沙》，自汉朝至今，尚无定解。一说《怀沙》即“怀沙砾自沉”说；一说《怀沙》即怀念长沙。通读《怀沙》，既无“自沉”之事，又无“怀念”之情。窃以为此篇内容可谓之文不对题。很可能原简标题污损，后人依据传说中屈原“抱石投江”，衍化出标题《怀沙》。

《怀沙》的情色意绪，显现某种**“舒忧娱哀”**、抗志扬德之艺术上起伏跌宕的凄凉美、悲壮美。

（一）

滔滔孟夏兮[①]，
草木莽莽。
伤怀永哀兮，

yú
汩徂南土。

①**滔滔**：本为水流貌，《诗·大雅·江汉》：“江水滔滔”；又曰：“江水浮浮”。此处形容盛阳之气，译作同义词“浮浮”为宜。

阳气浮浮的四月天啊，
草木葱茏莽莽。
伤心隐隐长久哀痛啊，
匆匆去往南土。

（二）

xuànhùn
眴 眃杳杳兮，
孔静幽默。
郁结纡轸兮，
mǐn
离慜而长鞠。

眼花天地迷蒙昏暗啊，
耳背四野皆幽冥静默。
愁苦郁结冤屈盘绕啊，
遭灾受难而长期困厄。

（三）

抚情效志兮，

冤屈而自抑。
刓方以为圆兮，
常度未替。

抚情定气呈献壮志啊，
我所受之冤屈自我压抑。
他人雕方而雕成圆啊，
恒常之法度我从未更替。

（四）

易初背迪兮，
君子所鄙。
章画志墨兮，
前图未改。

变易初衷背离正道啊，
此乃正人君子所鄙弃。
彰明规画尊守绳墨啊，
前贤法度鸿图我从未改易。

（五）

内厚质正兮，

大人所盛！
巧倕不斫兮[①]，
孰察其拨正？

①**巧倕**：心灵手巧的木匠倕。**倕**：人名。传说**倕**乃尧时的巧匠，耒耜（lěisì）、规矩、绳墨是**倕**发明的。

内心敦厚品质端正啊，
乃为仁人志士所器重！
名倕巧匠若不砍木啊，
谁察其削歪而能反正？

（六）

玄文幽处兮，
矇谓之不章。
离娄微睇兮[①]，
瞽以为无明。

①**离娄**：人名，又称“离朱”。《孟子·离娄（上）》：“离娄之明……。”汉·赵岐注曰：“离娄者，古之明目者，盖以为黄帝之时人也……能视百步之外，秋毫之末。”

玄妙雄文幽深之处啊，

睁眼瞎谓之没有文采。
离娄微盼一目了然啊，
眼瞎的人以为他瞎猜。

（七）

变白而为黑兮，
倒上以为下。
凤皇在笯兮，
鸡鹜翔舞。

变更白而为黑啊，
颠倒上而为下。
凤凰关进鸡笼啊，
鸡伴野鸭翔舞。

（八）

同糅玉石兮，
一概而相量！
夫惟党人之鄙固兮，
羌不知余之所藏！

美玉与顽石掺杂在一起呀，

却以同等价值而一概相量！
夫唯有党人之鄙陋顽固啊，
全都不知我心藏鸿图典章！

（九）

任重载盛兮，
陷滞而不济。
怀瑾握瑜兮，
穷不得余所示。

我背负使命重身载任务多呦，
陷落进泥泞而不能摆渡。
我身怀美玉哟我手握宝珠啊，
困厄中我不得有所展露。

（一〇）

邑犬群吠(fèi)兮，
吠所怪也！
非(fěn)俊疑杰兮，
固庸态也！

乡镇群犬突然狂吠啊，

吠其所怪与之不类也！
诽谤才俊疑忌英杰啊，
原本小人日常心态也！

（一一）

文质疏内兮[①]，
众不知余之异采。
材朴委积兮[②]，
莫知余之所有。

①**疏内**：陈列于胸。**疏**：陈列。屈原《湘夫人》**“疏石兰兮为芳”**，即“陈列石兰散幽香”。

②**材朴**：才华质朴。**材**：通“才”，才能、才干。《书·咸有一德》：“任官唯贤材”。**委**：累积。《文选·甘泉赋》：“瑞穰穰兮委（累积）如山。”

文质彬彬陈列于胸啊，
众人不知我胸怀异采。
才干质朴累积于胸啊，
君主竟不知余之所有。

（一二）

重仁袭义兮，

谨厚以为丰。
重华不可遻（wù）兮，
孰知余之从容[①]！

①**从容**：王逸《章句》曰："从容，举动也。""从容"，一义为舒缓貌；一义为举动、举止。此处指言行举止。

积累仁德累积正义啊，
恭谨忠厚以丰盈心灵。
帝舜重华不可际遇啊，
谁会知我的举止言行！

（一三）

古固有不并兮，
岂知其故也！
汤禹久远兮，
邈不可慕也！

自古就有贤臣圣主不同世啊，
岂可知道这是什么缘故也！
夏禹商汤距今已经久远了呀，
时代邈远不能慕而侍奉也！

（一四）

惩违改忿兮，
抑心而自强。
离慜（mǐn）而不迁兮，
愿志之有像！

惩戒怨恨改除忧忿啊，
抑止心愁而自我坚强。
遭忧患而不变节操啊，
愿记住心怀古贤臣之偶像！

（一五）

进路北次兮，
日昧昧其将暮。
舒忧娱哀兮，
限之以大故。

上路往北去江河之处啊，
夕阳昏昏其将落暮。
舒卷忧患而娱戏哀愁啊，
生命极限以死结束。

乱曰（尾声）：

1

浩浩沅湘，
纷流汩兮。
修路幽蔽[①]，
道远忽兮[②]。

①**修路**：长长的小路。**修**：长。《诗·小雅·六月》：“四牡修广”（四匹雄马长又壮）。**幽蔽**：指林木幽蔽的小路。

②**道**：对应上句**“路”**，指大道。**忽**：飘渺。《荀子·赋》：“忽兮其极之远也（飘渺呀其想到之处多么遥远啊）!”屈子是以此说喻平生所走仕途之路幽蔽坎坷，而自所遵循的人生大**“道”**，则遥远而飘渺。

浩浩荡荡的沅湘水，
波浪汩汩急速奔流啊。
小路修长幽暗荫蔽，
大道遥遥悠远飘渺啊。

2

曾(céng)伤爰哀，
永叹喟(kuì)兮。

世溷浊莫吾知，
人心不可谓兮！

重重伤痛止不住悲哀，
久久地长吁短叹啊。
世道混浊不知我忠心，
人心真难以言说啊！

3

怀情抱质，
独无正兮。
伯乐既没，
骥焉程兮。

怀真情抱朴质，
唯独无人考正啊。
伯乐已经亡故，
良马焉能判定啊。

4

民生禀命，
各有所错兮。
定心广志，

余何畏惧兮！

人生禀承自然天命，
安身立命各有所错。
稳定忠心宽慰壮志，
我有什么可畏惧呀！

5

知死不可让，
愿勿爱兮！
明告君子，
吾将以为类兮[1]！

①**类**：此处义为法度、准则。《礼记·缁衣》：“（孔）子曰：‘下之事上也，身不正，言不顺……行无类（准则）。’”

知无愧而死不可辞，
舍生取义愿勿惜命哟！
明白报告世间君子，
我将以殉道为准则啊！

悲回风

题　解

此篇以首句**"悲回风之摇蕙兮"**之**"悲回风"**为题，喻楚国朝廷假恶丑张扬，真善美遭摧残。描述屈子自己一天天**"涕泪交而凄凄兮，思不眠以至曙"**；在**"心鞿羁而不开兮，气缭转而自缔"**的痛苦中，想到**"凌大波而流风兮，托彭咸之所居"**，从而引出想象中的死后神游：以浪漫手法，攀虹霓扪青天，凭昆仑鸟瞰雾隐清江；想象投江之后，在汪洋恣肆之江中，灵体漂江的情状；忽而又观大地之南火山喷发，忽而又览大地之北霜雪俱下，借以喻世态炎凉。结尾又平静而浪漫地借时光为马，求见古代贤人自疏自尽者。最后点明自己将**"从子胥而自适"**。

（一）

悲回风之摇蕙兮，
心冤结而内伤。

物有𡠄(měi)而陨性兮，
声有隐而先倡。

悲痛那旋风摇伤兰蕙啊，
心中冤情凝结而造成内伤。
物因有美而丧失性命啊，
风声有时隐而已经先猖狂。

（二）

夫何彭咸之造思兮，
暨志介而不忘！
万变其情岂可盖兮，
孰虚伪之可长？

为何彭咸营造的精妙哲思啊，
及其志向耿介而我永不能忘！
虚伪之情其万变岂可掩盖呀，
谁见过虚伪可以长久隐藏？

（三）

鸟兽鸣以号群兮，
草苴(chá)比而不芳。

鱼葺(qì)鳞以自别兮，
蛟龙隐其文章。

鸟兽鸣叫为了召唤同类啊，
芳草腥草并列而芳草不香。
鱼修饰鳞片以傲视异类啊，
蛟龙却将其鳞甲光彩隐藏。

（四）

故荼(tú)荠(jì)不同亩兮，
兰茝(zhǐ)幽而独芳。
惟佳人之永都兮，
更统世而自贶(kuàng)。

原本苦菜甜菜不能同亩啊，
兰草白芷居处幽谷而自独香。
唯独佳人永久秀美优雅哟，
世代更替而佳人之美自辉煌。

（五）

眇远志之所及兮，
怜浮云之相羊。

介眇志之所惑兮，
窃赋诗之所明。

高远的志向之所企及处啊，
爱怜它伴随那浮云相游荡。
孤高远志世人迷惑不解啊，
窃自赋诗使世人耳熟能详。

（六）

惟佳人之独怀兮，
折芳椒以自处。
céng xū xī jué
曾歔欷之嗟嗟兮，
独隐伏而思虑。

唯佳人有独特情怀啊，
折取一枝芳椒陪我以自处。
常常歔欷时而嗟嗟呀，
独自隐伏茅屋而思虑悠悠。

（七）

涕泣交而凄凄兮，
思不眠以至曙。

终长夜之曼曼兮，
掩此哀而不去。

涕泪交流而凄凄惨惨啊，
忧思不眠乃至曙光透窗户。
度过整整长夜之漫漫啊，
同此哀相伴而总不能排除。

（八）

寤从容而周流兮，
聊逍遥以自恃。
伤太息之愍怜兮，
气於(wū)邑而不可止。

醒来从容漫步而周游啊，
姑且逍遥啊以自我控制。
伤感叹息之独自怜悯啊，
气郁结哽咽而不可抑止。

（九）

纠思心以为纕兮，
编愁苦以为膺。

折若木以蔽光兮，
随飘风之所仍。

纠结思虑作为飘带啊，
编织愁苦作为胸兜。
折若木用以遮日光啊，
随旋风之所溜而溜。

（一〇）

存仿佛而不见兮，
心踊跃其若汤。
抚珮衽以案志兮，
超惘惘而遂行。

思虑与愁苦仿佛是不见啦，
心血踊跃其如汤沸腾。
抚衣襟玉珮以按下心志啊，
惘然若失而踽踽独行。

（一一）

岁曶（hū）曶其若颓兮，
时亦冉冉而将至。

fánhéng
薠蘅槁而节离兮，
芳已歇而不比。

岁月忽忽它像是就要衰颓呀，
寿命时限亦冉冉而将至。
香草薠蘅枯槁而枝节脱离啊，
芳香已衰竭而不比往日。

（一二）

怜思心之不可惩兮，
证此言之不可聊。
宁溘死而流亡兮，
不忍为此之常愁！

怜爱忧国思心它不可惩治啊，
证明此话不可视为苟且而诌。
宁愿立即死去而形体流亡啊，
不忍为此思心不可惩而常愁！

（一三）

yín wěn
孤子唫而抆泪兮，
xuán
放子出而不还。

孰能思而不隐兮，
昭彭咸之所闻(mián)。

孤子我边呻吟而边擦冷泪啊，
弃子我遭放逐而有家难还。
谁能思想起苦难而不隐痛啊，
昭然与所闻彭咸隐痛之一般。

（一四）

登石峦以远望兮，
路眇眇之默默。
入景(yǐng)响之无应兮[①]，
闻省想而不可得。

①**景**：同“影”。上古文无“影”字，**“景”**即“影”。

登上石峦而向远方瞭望啊，
路径迷迷茫茫而沉沉默默。
入山林身影声响无人应啊，
想探听民众安危而不可得。

（一五）

愁郁郁而无决兮，

忧戚戚而不解。
心鞿(jī)羁而不开兮，
气缭转而自缔。

愁郁郁无法与之决绝啊，
忧戚戚而又不能化解。
心被捆绑而难以解开啊，
闷气缭绕而自相纠结。

（一六）

穆眇眇之无垠兮，
莽芒芒之无仪。
声有隐而相感兮，
物有纯而不可为(wěi)。

宇宙穆眇眇其广无边啊，
时光莽茫茫其无象无形。
声有隐而能相互感应啊，
物有纯则不可能变本性。

（一七）

藐漫漫之不可量兮，
缥绵绵之不可纡。

愁悄悄之常悲兮，
翩冥冥之不可娱。

柔情邈漫漫其不可测量啊，
美意缥绵绵其不可以屈曲。
忧心愁悄悄其常常悲痛啊，
翩飞冥冥青天亦不得欢娱。

（一八）

凌大波而流风兮，
□□□□□□。
□□□□□□兮，
托彭咸之所居。

凌驾大波而随风流荡啊，
□□□□□□□□□□。
□□□□□□□□□□，
托身于圣哲彭咸之所居。

校记：闻一多《楚辞校补》按“此处纡娱居三字为韵，依二进韵例，当系脱去二句……疑此处所脱二句，当在“凌大波”与“讬彭咸”二句之间。言之有理，故而从之。

（一九）

上高岩之峭岸兮，
处雌霓之标颠。
据青冥而摅(shū)虹兮，
遂倏(shū)忽而扪天。

登上高岩之陡峭崖岸啊，
身处于淡红雌霓之顶端。
凭据青宇而腾上彩虹啊，
于是倏忽而抚摸到高天。

（二〇）

吸湛(zhàn)露之浮源兮，
漱(shù)凝霜之雰雰。
依风穴以自息兮，
忽倾寤以婵媛。

吸吮清澄浮浮之甘露啊，
含漱洁白雰雰之凝霜。
依傍风穴而自在休息啊，

忽然猛醒而喘息惊惶。

（二一）

冯(píng)昆仑以瞰(kàn)雾兮，
隐汶(wèn)山以清江。
惮(dàn)涌湍(tuān)之磕磕兮，
听波声之汹汹。

依靠昆仑以俯瞰迷雾啊，
雾隐没汶山与清江。
惊恐汹涌激浪之磕磕呦，
听涛声奔腾之汹汹。

（二二）

纷容容之无经兮，
惘芒芒之无纪。
轧(yà)洋洋之无从兮，
驰委移之焉止。

江水纷溶溶其没有条理啊，
惘茫茫其乱流没有头绪。

汪洋洋倾轧其无所适从啊，
逶迤奔驰其何处才停息。

（二三）

漂翻翻其上下兮，
翼遥遥其左右。
fàn yù
氾潏潏其前后兮，
伴张弛之信期。

灵体漂流其上下翻翻啊，
两侧摇摇其左右被冲击。
江水泛流其前后汹涌啊，
伴随着江潮涨落之信期。

（二四）

观炎气之相仍兮，
窥烟液之所积。
悲霜雪之俱下兮，
听潮水之相击。

惊观火焰股股之紧紧相随啊，
窥伺熔浆冲腾其熔岩累积。

悲叹寒霜冷雪之纷纷俱下啊，
骇听怒潮水涌浪之涛声相击。

（二五）

借光景(yǐng)之往来兮，
施黄棘之枉策。
求介子之所存兮，
见伯夷之放迹。

借时光为马往来古今啊，
挥摇黄棘香枝作为鞭策。
探求介子之所思所想啊，
观伯夷采薇之放逸行迹。

（二六）

心调度而弗去兮，
刻著志之无适。
□□□□□□兮，
□□□□□□□。

揣摩是非而挥之不去啊，
铭刻在心中其别无适从。

□□□□□□□□□□□□，
□□□□□□□□□□□□。

校记：屈原赋大多是四句为一小节，结尾处凡是有“乱曰”或“曰”的，皆另起一行，没有在一小节中第三句出现“乱曰”（尾声）之例。此篇第26小节第三句出现了“曰”字，与屈子行文惯例不符，而且上下句不通顺，显然脱漏两句，故以方框标之。唯有如此处理，第27小节方能以“乱曰”开头。

（二七）

乱曰：

吾怨往昔之所冀兮，
悼来者之愁愁(tì)。
浮江淮之入海兮，
从子胥而自适①。

①**子胥**：伍子胥，名员（yún）。春秋时期楚人。吴王夫差时期，在伐齐、伐越的问题上，子胥谏言先伐越后伐齐。太宰嚭（pǐ）受越国贿赂，向吴王夫差进谗言诬陷伍子胥，吴王听信嚭先伐齐之谋，嚭又进谗言诬子胥。《史记·伍子胥列传》说：“（吴王）乃使使赐属镂之剑，曰：‘子以此死’……（子胥）乃告其舍人曰：‘（我死后）抉吾眼悬吴东门之上，以观越寇之入灭吴也。’乃自刭死。吴王闻之大怒，乃取子胥尸盛以鸱夷革（鸱形皮囊），浮之江中。”伍子胥的遭遇与屈子谏言绝秦联齐而被放逐，有相似

之处，故言**“浮江淮而入海兮，从子胥而自适。”**

尾声：

我怨往日保国之希望落空啊，
哀悼后来者之畏怯怵惕。
我要漂浮江淮而流入大海啊，
随从伍子胥而自得安逸。

校记：汉·王逸版本之《**悲回风**》结尾，还有六句：

望大河之洲渚兮，
悲申徒之抗迹。
骤谏君而不听兮，
重任石之何益。
心絓结而不解兮，
思蹇产而不释。

闻一多《楚辞校补》及郭沫若《今译》篇末《注》，皆认为文字拙劣，当删去。言之有理，笔者只录不译。

惜往日

题　解

《惜往日》结尾辞曰：**“不毕辞而赴渊兮，惜壅君之不识。”**由此可知此篇乃是屈子临终绝命辞。有史学、法学根基的政治战略家屈子之“当下”心境里，那已死去的怀王、那不可救药的顷襄王，俱往矣！在以身殉国之前，将其“以法治国则国兴，以心治国则国亡”的历史前车之鉴，以其博大胸怀书之留给后世炎黄子孙，期望后世主政者们选贤任能，以法度驾驭骐骥，驰骋华夏大地。最后以其面向故国湘水，纵身一跳作为永恒的遗嘱。

（一）

惜往日之曾(céng)信兮，
受命诏以昭时。
奉先功以照下兮①，

明法度之嫌疑。

①**先功**：先世立法之功。窃以为此**“先功”**，当指公元前401—前381年楚悼王时期的令尹、改革家吴起。《史记·吴起列传》载，“楚悼王素闻起贤，至则相楚。明法审令，捐不急之官，废公族疏远者，以抚养战斗之士……于是南平百越，北并陈蔡，却三晋，西伐秦……”

叹惜往日曾得到君王信任啊，
受君命制法令晓谕时世之民。
奉承吴起立法以光照百姓啊，
明确法度删除那存疑之条文。

（二）

国富强而法立兮，
属贞臣而日娭（zhǔ）。
秘密事之载心兮，
虽过失犹弗治。

国富强乃因为法治建立啊，
委政贞臣则君可每日欢娱。
国政机密事其记载于心啊，
虽然偶有过失尚不予惩治。

（三）

dūn máng
心纯庬而不泄兮，
遭谗人而嫉之。
君含怒而待臣兮，
不清澈其然否。

心纯朴敦厚不泄漏机密啊，
因此遭到谗谀之徒嫉恨我。
君信谗脸含怒而对待臣啊，
却不澄清其谗言是非对错。

（四）

蔽晦君之聪明兮，
虚惑误又以欺。
弗参验以考实兮，
远迁臣而弗思。

奸佞们蔽晦君王之视听啊，
虚言惑语误国政又行之以欺。
不互参检验以考证实情啊，
远迁臣而不思念当初之情谊。

（五）

信谗谀之溷浊兮，
盛气志而过之[①]。
何贞臣之无辜兮，
被离谤而见尤。

①**盛气志**：盛气炽烈。**志**：是“炽”的谐音假借。

信谗言媚语之一派混浊啊，
盛气炽烈而诿过于我。
为什么贞臣其原本无罪啊，
被诽谤又遭君王谴责。

（六）

君无度而弗察兮，
使芳草为薮幽。
独鄣壅而蔽隐兮，
使贞臣为无由。

君王无法度规矩而不察啊，
使芳草沦为草泽之幽灵。

君独被谗壅而良知蔽隐啊，
使贞臣欲尽忠无路可行。

（七）

惭光景之诚信兮，
身幽隐而备之。
临沅湘之玄渊兮，
遂自忍而沉流。

我惭愧日光月影之诚信啊，
身幽隐于荒野而尽受光佑。
如今已临近沅湘之深渊啊，
遂自忍痛而沉入滔滔洪流。

（八）

卒没(mò)身而绝名兮，
惜壅君之不昭。
焉舒情而抽信兮，
恬死亡而不聊①。

①**聊**：此处义为耳鸣。《说文解字》："聊，耳鸣也。从耳。"

终归要葬身而断绝嘉名啊，
唯叹惜壅君不悟未予光照。
怎能抒我衷情抽绎诚信啊，
恬静死亡而不再耳鸣心躁。

（九）

闻百里之为虏(lǔ)兮，
伊尹烹于庖厨。
吕望屠于朝歌兮，
宁戚歌而饭牛。

听说百里奚曾是奴仆啊，
伊尹烹调于有莘氏家厨。
吕望在朝歌屠牛卖肉啊，
宁戚行商唱悲歌而喂牛。

（一〇）

不逢汤武与桓缪兮，
世孰云而知之！
□□□□□□□□，
□□□□□□□。

不遇见成汤周武与齐桓公啊，
世人谁能说知道他们是贤人！
□□□□□□□□□□□□□，
□□□□□□□□□□□□□。

校记：此小节下两句“吴信谗而弗味兮”与“子胥死而后忧”，当属下面第十一小节言“介子忠而立枯兮”之开端，唯如此方契合文势辞情。故脱简处以方框补之。

（一一）

吴信谗而弗味兮，
子胥死而后忧。
介子忠而立枯兮，
文君寤而追求。

吴王信谗而不品味力谏之意啊，
伍子胥死则发生亡国杀身之忧。
介子推忠不言功而立命自枯啊，
晋文公见悬书方醒悟而去寻求①。

①**“悬书”**：《史记·晋世家》载：“（介子推与其母隐于山）介子推从者怜之，乃悬书宫门曰：‘龙欲上天，五蛇为辅。龙已升云，四蛇各入其宇，一蛇独怨，终不见处所。’文公出，见其书，

曰：‘此介子推也……’使人召之，则亡（不在家中）……闻其入绵上山中，于是文公环绵上山中而封之，以为介推田，号曰介山。”

（一二）

封介山而为之禁兮，
报大德之优游。
思久故之亲身兮，
因缟素而哭之。

封绵山为介山而禁止采伐啊，
报子推大德其优游爵禄之外。
追思十九年的贴身之故交啊，
于是身穿素白的丧服而哭之。

（一三）

或忠而死节兮，
或訑（tuó）谩而不疑。
弗省察而按实兮，
听谗人之虚辞！

有的人忠信不欺却殉死节啊，

有的人善欺诈君则信而不疑。
君不予省察以按实情判断啊，
听谗人故意捏造的虚假之辞！

（一四）

芳与泽其杂糅兮，
孰申旦而别之！
何芳草之早殀兮？
微霜降而不戒！

芳香与汗气混杂一起啊，
谁通宵达旦而去辨别之！
为何芳草它老早夭折呀？
微霜降而不知予以警戒！

（一五）

谅聪不明而蔽壅兮，
使谗谀而日得。
自前世之嫉贤兮，
谓蕙若其不可佩。

诚然不聪明才被壅蔽呀，

使谗谀者而日益得宠作怪。
自古以来就嫉贤妒能啊，
硬说蕙兰杜若皆不可佩戴。

（一六）

妒佳冶之芬芳兮，
嫫母姣而自好①。
虽有西施之美容兮，
谗妒人以自代②。

①**嫫母**：洪兴祖《补注》曰："一曰黄帝妻，貌甚丑。"

②**"谗妒人以自代"**是承**"虽有西施之美容"**，辞底之意是：品行丑恶的妒嫉者也会以编谎话进谗言的手段，把有如西施般的美质名声骗过来以替代之。显然是影射上官大夫之流的争宠者，亦暗含有美德美行美质的屈子身遭迫害。**代**：代替，替代。

妒佳人艳丽之清淳芬芳啊，
嫫母故弄姣媚而自恃可爱。
虽然你有西施般之美容啊，
谗妒人进谗言以掠美自代。

（一七）

愿陈情以白行兮，

得罪过之不意。
xiàn
情冤见之日明兮，
xiù
如列宿之错置。

愿陈情以表白心迹言行啊，
获罪过出乎我的意料之外。
情冤现其一天天的明朗啊，
犹如明亮星座之措置明摆。

（一八）

乘骐骥而驰骋兮，
pèixián
无辔衔而自载。
fàn fú
乘氾泭以下流兮，
无舟楫而自备[①]。

①**自备**：此辞之辞义难通。疑 **“备”** 是“摆渡”之 **“摆”** 谐音之笔误。

乘骏马而驰骋天地啊，
没有缰衔而任其自由驮载。
乘竹筏以向下奔流啊，
没有船桨而任其自身摇摆。

按：此四句皆喻言以法度治国，反对以心治国的**“心治”**（详见下文）。

（一九）

背法度而心治兮，
譬与此其无异！
□□□□□□兮，
□□□□□□。

背法度而以心治国政啊，
如同与无缰无桨其无异！
□□□□□□□□□□□，
□□□□□□□□□□□。

校记：从文意观察，此句承上，却又与下文不相属，传抄中失落下两句定然无疑。故以方框补之。

（二〇）

乱曰：

宁溘（kè）死而流亡兮，
恐祸殃之有再。
不毕辞而赴渊兮，
惜壅君之不识！

尾声：

宁愿立刻死去而漂流亡身啊，
唯恐还会有祸殃之再来。
不把辞写尽而赴渊流啊，
痛惜庸君其不识我忠贞情怀！

按：与《招魂》等五篇辞赋是否为屈赋迄今仍聚讼纷纭不同，关于《九章》诸篇辞赋皆为屈子所为，在楚辞学界已达成基本共识。然而，关于《九章》篇目之合理排列，迄今仍莫衷一是。东汉王逸《楚辞章句》的排列顺序为：《惜诵》《涉江》《哀郢》《抽思》《怀沙》《思美人》《惜往日》《橘颂》《悲回风》，无论从屈子人生际遇还是屈赋的情色意绪来看，这都属于一种“无序化”排列。关于后人对《九章》篇目合理编排的探究结果，苏雪林《楚辞新诂》曾举出十家不同排列的次序。本书基于拙著《屈原赋辨译》排定的次序，与十家均有所不同。除《导言》所述理据将《橘颂》置于屈原赋之首外，其余“八篇”的排列则基于对屈子的人生际遇和屈赋的艺术化情感场的综合考量：《惜诵》《抽思》《思美人》三篇辞赋，当是屈子在郢都和被放逐到汉北时的作品。其余五篇（以《涉江》《哀郢》《怀沙》《悲回风》《惜往日》顺序排列）则为屈子在顷襄王时期所作。其中《惜往日》以“不毕辞而赴渊”结尾，加之艺术上没有特意的追求，更像是警示遗书，显然是屈子投江葬愁殉国之前的绝笔，当置于屈原赋之末篇。这种新的排列是否更为合理，谨请各位方家共同斟酌。

附　录

清源正本　重塑诗神

——从药汀《屈原赋辨译》学术研讨会综述

任文京　冯印淙

从药汀先生《屈原赋辨译》学术研讨会暨新书发布会，于2017年11月18日在故宫博物院建福宫召开。会议由故宫出版社和故宫研究院主办，《社会科学论坛》与《河北师范大学学报》协办。来自故宫博物院、教育部中国教育科学研究院、北京大学、南京大学、中国传媒大学、河北大学、河北师范大学、江南大学、南京理工大学等单位的二十余位专家学者参加了研讨会。从药汀先生《屈原赋辨译》分《离骚卷》《天问卷》《九章卷》《九歌·招魂·卜居·渔父卷》共四卷，近80万字，分别在2012年、2013年、2016年和2017年，由故宫出版社出版。

研讨会首先由时任故宫博物院常务副院长、故宫出版社王亚民社长致辞，他对从药汀先生的学术思想和诗人情怀给予高度评价，对从先生在耄耋之年以高度的历史使命感与责任感，投入巨大精力完成全部屈原赋的辨译著作表示由衷敬佩。《屈原赋辨译》责任编辑、故宫出版部冯印淙介绍了出版社同仁与作者通力合作，历时六年精心编辑出版四卷《辨译》的历程。从药汀先生简要说明了写作《屈原赋辨译》的基本诉求：以屈赋文本语境为中心，以古今注释比较为经纬，以古籍词义考辨为依据，力求通过屈赋辞境进入屈子之心境，以屈子之心境理解屈赋之辞境；所做注释力求言之有据，对古今误译、谬解的匡正，对疑难问题的处理力求言之有理；在辨译的基础上所做新译，力求贴切呈现屈赋之辞义、辞情、辞势、辞气，及其诗化的情色意绪，体现屈子作为哲人思想家、政治家、文学艺术家的情怀、境界与融贯的思想脉络，以求更好地发挥屈赋这一艺术瑰宝在中华文化复兴中的历史作用。同时，新译尝试全文叶韵，并以步屈原原韵为主体，以收“以诗译诗”之效。

史载可知，屈原是中国古代伟大的诗人、思想家与政治家。他用生命熔铸成不朽的诗篇，是中国乃至世界文化宝库中的璀璨明珠。他的人格魅力和作品对后世产生了深远的影响。当前，研究、阐释屈原作品仍是古代文学研究的重要任务，对当前的文学进步、文化发展有促进作用。《关于实施中华优秀传统文化传承发展工程的意见》中，提出对待传统文化要秉持客观、科学、礼敬的态度。党的十九大报告也提出要深入挖掘中华优秀传统文化蕴含的思想观念、人文精神、道德规范，结合时代要求继承创新，让中华文化展现永久魅力和时代风采。从药汀先生《屈原赋辨译》出版，可谓恰逢其时，对当前的古代文学研究和新时代中国特色社会主义文化建设具有重要意义。

深具理解之同情　辨释谨严而精准

中国历史上对屈原赋的研究，自汉代以来绵延不绝。宋代陈振孙《直斋书录解题》列《楚辞类》研究著作 9 部，清代《四库全书总目提要》列《楚辞》类研究著作共23部，可见古人对屈原作品研究的重视程度。现当代研究屈原的大家也很多，取得了丰硕的成果。屈原是经典作家，楚辞是经典作品，历代研究名家多，起点高，难度大，但一旦在某些方面有所斩获或突破，则会将屈原研究向前推进一步，因为文学研究的重要任务就在于对经典作家的不断阐释，不断开拓。

与会专家一致赞同从药汀先生“通过屈赋辞境进入屈子之心境，以屈子之心境理解屈赋之辞境”的主张，认为这是《屈原赋辨译》取得突出成就的关键环节。揣摩屈子心境，就是不主观地以当代人的思维理念去理解屈原，而是将屈原及其作品放在那个特定的时代、特定的文化环境去感知、诠释。陈寅恪《冯友兰中国哲学史上册审查报告》指出：凡著中国古代哲学史者，其对于古人之学说，应具了解之同情，方可下笔。盖古人著书立说，皆有所为而发。故其所处之环境，所受之背景，非完全明了，则其学说不易评论，而古代哲学家去今数千年，其时代之真相，极难推知。吾人今日可依据之材料，仅为当时所遗存最小之一部，欲藉此残余断片，以窥测其全部结构，必须备艺术家欣赏古代绘画雕刻之眼光之精神，然后古人立说之用意与对象，始可以真了解。所谓真了解者，必神游冥想，与立说之古人，处于同一境界，而对于其持论所以不得不如是之苦心孤诣，表一种之同情，而无隔阂肤廓之论。陈氏之论述，对于研究古代文学同样适用。周月亮（中国传媒大学艺术研究院教授）认为，艺术有两种形态，一是跟自己的灵魂进行深度对话，一是跟自己专注的对象进行对话，前者是从药汀先生对屈赋的译，后者是从药汀先生对屈赋的辨。从先生在耄耋之年以如此奋勇之精神、沉稳之功夫进行辨译，是在与屈原对话，用这种方式对屈原进行跨越时空的深度访谈。从先生的译与辨能够超越许多专家学者，皆因此故。从先生的研究方法是“情感场还原法”，试图与屈原同频道共呼吸，并在情感上将自己还原出屈原。在汉语的诗性被网络语言大面积损坏的今天，这场对话的客观效果是在用诗性和诗意打捞汉语的优雅。

徐同（《语文报》原总编辑、教育部中国教育科学研究所资深研究员）高度评价了《屈原赋辨译》，认为这是楚辞研究史上的里程碑著作，为楚辞研究增加了“楚辞辨译学”这一新分支。《屈原赋辨译》鲜明地继承并发扬了楚辞研究寄情、领悟、拨正、阐释心路的传统。屈赋中蕴含着诗人的高风亮节、慷慨激昂和悲凉豪放的情怀。自宋以降，命运多舛的士子把屈赋视为精神的寄托和心灵的皈依，南宋偏安后尤其如此，形成了“寄托中领悟，拨正中创新”的鲜明特色。从先生用仁爱考据，用衷心辨析，用悲情铺陈，用哀怨译文，每每写至悲情处，不觉拍案而起，老泪纵横，久久不能自已，其创新精神和率直坦荡的情怀，不仅流淌在他的创作中，也体现在《屈原赋辨译》的字里行间。

曹虹（南京大学文学院教授）在发言中指出，从东汉王逸《楚辞章句》以来，历代积存了众多的屈赋读本。民国以来，闻一多、游国恩、姜亮夫、汤炳正等贤达继续推进屈赋研究，除了承袭传统的义训考证方法，还浸润于近现代学风之变，尤其在《天问》等篇的解读中，结合了神话学、古史考证、社会学、人类文化学诸方面的知识与方法，开拓了思维与想象。但不可否认，莫衷一是之见尚多，待发之覆犹存。学者或扭于细部，愈考愈惝恍迷离；或大胆假设，不惜附会穿凿。进入二十一世纪，如何征言覈论，综理旧说，创通大义，正俗解蔽，仍然大有可为，这正是药汀先生《屈原赋辨译》后出转精所具有的划时代的标杆意义之所在。四卷《屈原赋辨译》，不仅是两千多年来屈原研究史上的新创获，而且包蕴着多方面的学术智慧。其中，辨译结合的创体，尤其是对古典今译准则的总结与践履，超迈前贤，值得体悟与弘扬。

曹虹认为，从先生以屈子的知音自期，这是学术求真、艺术求美的心灵之约。他在考辨中发现问题锐利深远，解决问题审慎透达，书中二百余条“辨”语具在，颐神益智，读来不觉考证文字的繁重之苦。远古时代遗留下来的文献考据问题，也可以通过作品的系统辨译，得到进一步的确认。在这一确认的过程中，实不能看轻通过“对屈赋辞义、辞情、辞势、辞气的深入体验”，这犹如进入到屈原的立体化的生命气息之中，不仅可以帮助研究者发现只从考据角度难以发现的问题，而且某些纯理论或纯考据的问题也能得到审美层面的验证。如《天问》第50节及从译如下：“登立为帝，孰道尚之？女娲有体，孰制匠之？/女娲登上王位称天帝，其帝是谁导引抬举的？人祖造人自己也有体，其体是谁设计制造的?”“女娲”是神话人物，但传统的注释家往往出于封建妇道观，把这个人物判断为“尧之二女（娥皇、女英)”，如汤炳正先生《楚辞今注》就力证这个观点，故而把后两句理解为是问：“二女能以礼事舜，是谁培育教养的。”并以《史记·五帝本纪》《列女传》“记二女甚有妇道”证之。从先生反驳这样的注释，他认为：“注释者没能进入屈子这位哲人思想家的心境，不知不觉地把屈子？注’进了庸人的行列，把屈子富有风趣的笑问，被封建社会才出现的？妇道’观抹煞了。”从先生所作的“女娲”非“二女”的雄辩，除了考据层面的勘察，更注意到屈子在政治学层面的反思精神，即诘问女娲造人说，幽默地加以否定，更从神话人祖登帝位，引出人间帝王的出现与兴衰的思考方向。

吴格明（江南大学文学院教授）认为：从药汀先生的辨，是遍阅前人著述之后的独立见解，是深入反思之后的谨慎断言。《屈原赋辨译》仅参考文献就达七十多种。全书近 260 条辨，每一条辨又包含多方面的斟酌。这些辨，辨得仔细、清晰、深入、稳妥，逻辑谨严，说服力很强。这些辨，匡正了前人的许多谬误，澄清了大量重要的问题。以《九歌》为例。从先生推翻了汉代王逸、宋代朱熹和今人姜亮夫、汤炳正等“《九歌》为祭祀而作”的观点，提出了“《九歌》是屈原别出心裁的神话诗、歌舞剧的观点”。理由如下：其一，《湘君》《湘夫人》《山鬼》写的是男女情爱，缠绵悱恻，见不到祭祀的蛛丝马迹；其二，《大司命》《少司命》《河伯》调侃戏弄，揶揄嘲讽，毫无祭祀必备的虔诚；其三，《国殇》《礼魂》虽庄严恭敬，却无祭祀的内容和场面；其四，也是最重要的理由，《东皇太一》虽有祭祀的内容和场面，却不合祭祀的礼制，帝王祭天须用整只猪羊的“全蒸”，诸侯祭天须用半只猪羊的“房蒸”，而这里用的是大块肉的“肴蒸”，可见并非为楚国宫廷所作祭祀天帝之歌，只是假借祭祀的场戏。其结论是，《九歌》旨在娱民亲民，是极富审美价值的艺术创作，不是为宫廷写的祭祀歌。

王继志（南京大学文学院教授）在为会议提交的书面发言中，从内容与形式、辞境与心境展开论述，他引从药汀先生在《离骚卷》引言中列举历代研究者对于屈赋的误注误译三个原因——即未能详审《离骚》主旨以把握题义，未细审具体语境之辞义、辞情、辞色、辞气及上下文意，未考察特定的字词是否被误夺、篡改以及古代某些字词的正训与反训。然后指出，它们之间的关系，以传统的说法则是“内容”与“形式”的关系。其实不然，因为语言从来都是“内容”与“形式”完全融合、无法剥离的统一体。或者说它的形式即是内容，内容也就是形式。过去的“语言工具说”，总是把语言看作是一种“传情达意”的工具，其实语言（包括口头语言和书面语言）的本质就是“说”，正是在“说”中彰显出了言说者的全部学识、智慧、心灵与人格。从哲学的意义而言，不是“人”创造了语言，而是语言创造了“人”。正因为如此，海德格尔才得出了“语言是人存在的家园”这样一个经典的哲学命题。也正因为如此，屈原的全部人格与全部灵魂，无不存在于他的全部言语作品——《屈原赋》中；反之，亦可以说全部的《屈原赋》又无不彰显着屈原的全人格与全灵魂。也正因为如此，从先生才在四大卷的《屈原赋辨译》中，屡屡地强调：唯有进入屈子的心境，才能理解屈子的辞境；唯有深入屈子的辞境，也才能进一步进入屈子的心境，进而进一步地深入理解屈子的辞境。辞境和心境本来就是一个完全融合的统一体。无辞境怎能探知其心境，不领悟其心境又怎能理解其辞境？而古今众多的有关屈赋的注译版本，之所以对屈赋作出误注与误译，盖源于没能通过对屈子辞境的深入理解，进而去探知屈子的心境，或没能通过对屈子心境的精确分析，进而去理解屈子的辞底境界。

王继志认为，为了实现由屈子的辞境而探知屈子的心境，由屈子的辞底而窥知屈子的心底，从先生首先从微观上设计出一个整齐划一的四大卷《屈原赋辨译》的逻辑结构。这就是每一小节文字，都紧承屈赋的原本诗行，以现代汉语翻译出规整的诗行；然后再就原诗行所呈现出来的辞义、辞色、辞情乃至辞气、辞韵有针对性地逐一作出考辨；再以宏阔的考辨文字回过头去印证译诗的合理存在。这样的一种逻辑结构，不仅顺理成章，完全满足了上文所说的由辞境探知心境、由辞底窥知心底的需要，而且也与从先生所总结概括出来的历代误注误译屈赋的三点原因所呈现出来的逻辑顺序相吻合。

融入诗人哲思　译体高雅流畅

楚辞出现于两千多年前的战国时代，古词僻义，触目皆是，历代研究家殚精竭虑辨析词义，诠释诗句，成果丰硕。现代对楚辞的研究范围扩大，考证辨析之外，把两千多年前的屈子作品通译为现代语体，自郭沫若先生首加尝试，经验与教训并存，数十年过去了，人们惊炫于其恢奇译风，却未能认真检视其失误。有些译本作者未解屈原诗歌原意，想当然地进行大胆再创造，出现误译、错译，闹出笑话，与尊重经典、礼敬传统文化相悖，更是对读者的不负责任。从药汀先生《屈原赋辨译》在辨析词义的基础上翻译屈原作品，也把错译、误译的例子举出来进行比较，以便让读者有一个辨析。这一做法，获得与会专家的一致赞同。从先生是学养深厚的古典文学研究家，同时也是一位蕴含饱满诗情的诗人。他笔下的译文，是一位严肃的学者在精诠屈原诗意之后，融入浓郁的诗情和对历史、人生的思考而谱写的优美乐章。

徐同充分肯定了从药汀先生的译文，称其创造性地运用赋比兴的手法，以直译和意译的完美结合，构建了信达雅具备的现代骚体译文新范式。从先生在《屈原赋辨译》过程中，既恪守古文翻译三原则、四步骤、五方法，但是不因循前人的套路亦步亦趋。《屈原赋辨译》的注释和译文建立在鲜明辨“说”的基础上，不但要辨其真伪，辨其是非，辨其正误，还要追溯原委，指证其讹传，说明其遗患。因而这样的辨说中，作者不厌其烦地运用了铺陈排比（赋）、类比喻说（比）和托物起兴的手法。这不仅仅是为了以事实说理，以道理服人，强化新说的可读性，增进了读者理解辨译的获得感，更重要的是作者将一种现代骚体诗歌的新范式呈现给楚辞研究和广大喜爱屈原作品的社会读者，并最大程度促进他们认可这种前无古人的译文范式。

曹虹认为，从药汀先生的译文在贯彻信、达、雅准则之际，精心总结升华出符合翻译对象的理论步骤，即一方面“体现屈子作为哲人思想家、政治家、文学艺术家的情怀以及境界与思想脉络”，另一方面“力求贴切呈现屈赋之辞义、辞情、辞势、辞气及其诗化的情色意绪”，在审美上为了收“以诗译诗”之效，全文叶韵，甚至以步原韵为主体。如果说怎样判断原作的辞义、辞情，大致还属于求信、求真的内容层面，那么辞势、辞气、辞色、辞韵则更多属于求美的艺术层面。翻译家于这两个面向不应偏失，而后者因难于捕捉而常被忽视。从药汀先生基于成功的翻译实践，基于他作为诗人对辞气语色的敏感，才能够在翻译理论上作出这一番梳理。

曹虹结合例句，强调了从先生译文语态句调完美配置的独特风格。她说，传统的所谓“信、达、雅”的译学三字诀，“雅”怎样理解和体现？如果没有恰当的传递原文在藻采韵色上的风格创造，那么译作就是不得体的，就谈不上译者的从容雅润之致。从药汀先生擅长语言艺术，深谙辞语的意内言外的生命力，懂得译文语态句调如何配置的意义。举例来说，《天问》第 41 节：“天式纵横，阳离爰死。大鸟何？夫焉丧其体？”从先生译文也采用大致整齐的四句式：“天道法则是阴阳纵横交织，阳气脱离生物便立即致死。金乌阳气旺盛其何等敦实！它哪能够轻易地丧失其体？”古人认为太阳因阳精之凝聚而显像为三足乌，从译的表达以深浑整饬的节奏与文采，对太阳之为太阳，作了热烈礼赞。郭沫若《屈原赋今译》则译为：“自然的法式，阴阳的消长，那是无可抵抗；阳气一脱离了身体，任何生物都只好下场。哪里有钟山之神，死后化为大鸟而大张喉嗓？假使神的本领能够那样，为什么神又要死亡?”姑不论发问的神话背景对接错了，句式的节奏感也缺乏对应。从先生还示意，“将‘爰死’译成‘只好下场’，把‘大鸟何鸣’译为‘哪里有死后化为大鸟而大张喉嗓’，皆背离辞义辞情，而又无文采。”褒贬之际，可以体会到从药汀先生的译笔译风精益求精之致。

吴格明指出，从先生的译文，不仅译得准确畅达，典雅精彩，而且富有艺术魅力。《九歌·东君》开头一句“暾将出兮东方，照吾槛兮扶桑”。郭沫若《屈原赋今译》译为“太阳将出从东方，照耀我栏杆和扶桑。”从药汀先生认为“语拙，煞风景”。从先生创造性地译为“朝阳即将露面于东方，照我宫前栏杆之扶桑。”原来栏杆与扶桑不是两个东西，而是一体，是诗人屈原将神树扶桑看作日神东君宫前的栏杆。从先生译文的精彩与美妙，靠的是他对文学语言的敏感和对诗人精神世界的把握。从先生是感情丰富而热烈的诗人，又是学养深厚的学者，其《屈原赋辨译》正是诗人情怀与学者底蕴的完美统一。但就学者素养而言，则是文学修养与训诂功力的完美统一。缺少训诂功力，不可能辨得这样深入而准确；缺乏文学修养，不可能辨得那样贴切而得体，更不可能译得如此典雅而精妙。

赵国英（故宫博物院副院长）在发言中认为，从药汀先生之所以成就《屈原赋辨译》的重要学术贡献，正本清源，启迪智慧，在很大程度上得益于他是一位真正的诗人学者，以诗化的情怀把握屈原赋的神韵并体现在其新译之中。于文杰（南京大学历史学院教授）则从诗化的角度评述了屈赋与药汀诗学的意向重组和同形同构，他认为《屈原赋辨译》所反映的思想、智慧和情怀，体现了新世纪所应有的诗学精神。屈赋的丰富而深邃的艺术篇章和药汀诗学的雄浑激越，在条屡之间共同显示出意向重组与同形同构的魅力。张宗刚（南京理工大学诗学研究中心主任）着重讨论了从药汀先生屈原赋新译的艺术魅力，认为从先生在披沙沥金、激浊扬清的辨译基础上，其新译中正得体，灵动庄严，字里行间氤氲着奇思妙想和真知灼见，辅以奔放的思维、澎湃的激情，令人悠然心会。而四卷书前，皆附有从先生的自题新诗，如《离骚卷》之自题诗《天笑》，“天为汨罗种星星”“汨罗腾仙鹤”诸语，意象奇幻，清雄飘逸，生成浪漫的文字气场。因而《屈原赋辨译》四卷不仅是卓尔不群的学术经典，也是人性、诗性与学理完美融合的艺术精品。

学术担当和文化情怀

从药汀先生写作《屈原赋辨译》的缘起，在《离骚卷》引言里已经做过交代。他是为新出版的《屈原楚辞正宗》中的误释误译深感不安，继而联想到一些研究大家在注译屈原赋留下的遗憾，遂决心对各家注训进行考辨，同时将屈原赋进行重新翻译。这对从先生是一个巨大的挑战，因为这一写就是六年。按照常情，他完全可以颐养天年，但他看到学术有所偏差，对经典有任意调侃轻慢的风气，奋然立志，以舍我其谁的气概，再次潜入学术的深海。从先生的这种精神和毅力，崇高的学术责任感和文化情怀，赢得了与会专家的景仰。

张益禄（河北省教育厅原副厅长）认为，从药汀先生对学术的执着以及坚韧不拔的求索精神，令人赞叹和敬佩。他在 84 岁时开始潜心写作《屈原赋辨译》这部巨著，甘于寂寞，淡泊名利，每天研究写作长达十多个小时，表现了一位学者的非凡勇气和学术担当。从先生从辨译的角度研究屈原赋，别开生面，独具特色，是一项开创性的工作。他老而弥坚、勇立潮头，用坚毅铸造辉煌，用心血谱写精彩。四卷巨著所体现的独立思考的思想品格、严谨缜密的学术态度，为后辈学人树立了榜样。

任文京（河北大学新闻学院教授）认为，《屈原赋辨译》体现了从药汀先生深沉的忧患意识、强烈的学术责任感和浓郁的文化情怀。他忧的是学术、文化，耄耋之年发奋著述，体现了一种责任感和担当。现在学术出版门槛低，学术垃圾多，社会的浮躁和学术的功利化很难改变。当今社会的学术或与金钱、名誉捆绑、遭到异化。在从药汀先生这里，我们看到真正的学术就是一种文化追求，就是人生的向往和境界，无关金钱，无关评奖，从先生已经把学术与生命融为一体了。

学术责任感当然不能仅仅理解为眼见不平奋笔为文的豪情，更重要的还应有辨误指正的真功夫。从药汀先生敢于制订庞大计划，用 6 年时间完成，缘于他有充足的底气。王继志指出，从药汀先生在对屈赋的“辨译”过程中，一字一句地进行着细心周严的阐释与考辨，常常为了一句诗、一个典故、一个字词的正训与反训，遍查古典文献。为了考察一个字词是否被误夺、误训和篡改，常常将汉代至今众多大儒、国学大家、辞赋学专家的著作加以对照比较。总是对处说对，错处说错；正的肯定，误的反驳；旁征博引，有根有据，斩钉截铁。这种真功夫只需看一看从药汀先生在《天问卷》中对于“天”的辨证与陈述，对于夏、商、周三代缔造者其家世的反儒批评，即可窥其一斑。

任文京认为，现在有的学术著作充斥着大话、浮话和看不懂的术语，天马行空，云山雾罩，借以唬人，却唯独不见自己的见解。这是学术的不自信。真正的学问，都蕴含着一种工匠精神。

过去讲“学问何如观点书”，意谓标点古书最能见人的功夫深浅，其实，对古籍进行注释翻译同样可见学问高低。有时，对一个词语的解释突破前人的桎梏，同样是学问成就。试举一例。从药汀先生在《渔父》中注“鼓枻”为“鼓动船桨”，并指出“枻”有两个义项，一为船舷，一为船桨。并引郭沫若译为“敲着船边”，姜亮夫译为“敲着船舷而去”。从先生认为“多从者，皆不妥”。这是非常正确的。其实，自汉代王逸《楚辞章句》注“鼓枻”为“叩船舷也”就错了。唐李善注《文选·渔父》，“鼓枻”也说成是“叩船舷也”。宋洪兴祖《楚辞补注》：“叩船舷也。补曰：枻，船舷边也。”马茂元《楚辞选》：“鼓，拍打；枻，船旁拨水的工具。”诸家都忽略后面有一个动词“去”，就是离开。“鼓”有“拍打”意，也有“振动、摇动”意，“鼓枻”不是拍打船舷，而是摇动船桨。文献多有记载“鼓枻”者，如《晋书·庾阐传》：“中兴二十三载，余忝守衡南，鼓枻三江，路次巴陵。”杜甫《幽人》：“洪涛隐笑语，鼓枻蓬莱池。”“鼓枻”也称“鼓棹”。《晋书·陶称传》：“鼓棹渡江二十余里。”杨广《遗陈尚书江总檄》：“山川共有，我据上游，鼓棹之能，吴楚不异。”都是划桨的意思。做学问如果难以摆脱前人话语，甚至连疑心都不产生，就难以突破，难以创新。从药汀先生于不疑处生疑，指谬归正，功莫大焉。

贾清云（北京大学歌剧研究院研究员）以戏剧和文化为切入点，评价了《屈原赋辨译》的贡献。他指出，近年不少戏剧家受闻一多《九歌古歌舞剧悬解》启发，把《九歌》搬上了舞台。台湾云门舞集的舞剧《九歌》、湖北的歌舞剧《九歌》、谭盾的歌剧《九歌》，都遵从旧译，把《九歌》看成了一场庄重的祭祀，用儒家思维理解，把祭祀等同于敬神。从药汀先生在《屈原赋辨译》中考证“疏麻”，让我们知道祭祀还有驱役鬼神的一面，骄横的大司命原是这出戏里的大反派；辨析“日月齐光”，让云神恢复成美丽虹神；用《本草纲目》考证“杜若”有治疗健忘症的功效，说透了《湘君》《湘夫人》的爱之缱绻。从先生的《屈原赋辨译》，让陈旧印象中的《九歌》面貌发生了巨变。这源于从先生和屈原之间“附体”般的相通，源于从先生“《九歌》是人文主义者屈原，借道祭祀歌舞形式的个人艺术再创作”这一判断。以往对屈赋层出不穷的误读误解，往往不是因为章句，而是因为文化。两千年的正统“家教”，让很多人丧失了超越的追求和浪漫的能力。从先生通过他的研究向我们昭示，跨越文化障碍和思想障碍，才能真正理解屈原作品的内在精神。从先生把一个真实的屈原形象立在我们面前，是对中华文化多元源头的一次正本清源。

与会专家还就如何打造屈原文化符号、出版《屈原赋从译》单行本以及普及本等提出了建设性意见。王亚民原副院长、赵国英副院长和故宫出版社常务副总编辑宋小军在研讨会总结发言中，对与会学者的精彩研讨表示感谢，并表示认真考虑采纳大家的建议，以更好地发挥《屈原赋辨译》这一学术与艺术精品的应有作用。